常·春·藤
THE BEST
READING

PICTURES AND DRAWINGS

一分钟
破案大全

The Power Of Reading

总策划／邢 涛　主 编／龚 勋

汕头大学出版社

挑战推理极限
成就侦探梦想

　　大侦探福尔摩斯足智多谋，小侦探柯小南胆大心细，他们共同开启了一个又一个谜题式的探案旅程，想和他们一起面对形形色色的犯罪嫌疑人吗？想感受成功破案带来的心灵震撼吗？那就赶紧打开这本书吧，一起来挑战你的思维极限！

　　在这本书里，只要你细心观察，就能在案发现场发现别人不易发现的蛛丝马迹；只要你充分利用逻辑思维，就能走出犯罪嫌疑人制造的神秘疑云；只要你灵活运用科学知识，就能破解凶手精心设计的作案手法……

　　可以开始了吗？案件正在等待着你：光天化日之下，米歇尔教授居然看到了来复仇的"鬼魂"，难道世界上真的有"鬼"吗？和福尔摩斯一起将迷雾重重的案情查个水落石出吧！

ONE MINUTE
DETECTION

福尔摩斯

性别：男　　　年龄：26岁

职业：侦探

性格：冷峻机警、坚强沉着

特长：观察力和分析力超强，善于从细微处发现破绽；有丰富的解剖医学、毒剂学、动植物学等知识。

弱点：过于注重实际，看重证据，难免缺乏想象力和直觉力。

外号：外貌酷似真正的大神探福尔摩斯，且名字也叫夏洛克，具有非常精湛的侦探本领，人送外号"福尔摩斯"。

柯小南

性别：男　　　年龄：12岁

职业：福尔摩斯的助手

性格：开朗热情，有好人缘

特长：对电脑、网络十分在行，脑子里存储世界各国的著名案例，而且对福尔摩斯、波洛、金田一耕助等大侦探的事迹如数家珍。

弱点：热情过度以至于稍显冒冒失失，自信过度以至于会盲目乐观。

外号：无，"柯小南"来自侦探迷柯爸爸。

目录
Contents

ONE MINUTE DETECTION

ONE MINUTE DETECTION

安宁小镇恐慌来袭

◯ 寡妇惨死浴缸，凶手逍遥法外，谁来主持正义？

◯ 案件陷入困境，迷茫间，谁助侦探明眼识凶？

距离A城五十千米之外的X镇，是一个风景秀丽的地方。这里远离城市的喧嚣，一直以来民风淳朴，因此吸引着大批的旅游者前来。他们或短暂停留，或小住一段时间，镇上的居民也依靠旅游收入过上了比较富足的生活。但一个周日的早晨，一起凶杀案惊动了整个小镇——一位寡妇惨死在了自己家的浴缸里。消息在小镇上迅速传播，善良的居民们个个义愤填膺，要求捉拿并严惩凶手。在愤怒的背后，一种莫名的恐慌也在小镇上悄然蔓延……

死者是寡妇罗丝女士，三十多岁，是三年前搬到小镇上来的。自从搬到小镇以来，她就一直居住在小镇东面一套二层的别墅里。别墅虽然不大，却收拾得十分整洁。罗丝女士与小镇上的居民少有来往，因此人们对她的了解不多。除了偶尔从小镇外来一两个朋友外，罗丝平常都是一个人生活，只有每个周末才有家政服务员黛西女士来帮助收拾两天家务。与身材娇小的罗丝比起来，黛西显得很高大，力气也很大，许多男人们干的力气活她也都能做。黛西少言寡语，总是默默地做家务，很少与罗丝交谈。

最早发现罗丝遇害的就是黛西，她在星期日一早来做家务的时候，发现罗丝的胸部被人刺伤，死在了浴缸里。浴缸顶上的淋浴喷头仍在不住地喷着热水，浴缸里的水向外溢出，从下水道里流了出去。很显然，凶手是要在死亡时间上捣鬼，才把尸体泡在浴缸中逃走的。警方在接到报案后立即来到了现场，穆克警长正好出差在此，便负责这个案件。据初步侦查，作案现场在二楼卧室，那里有激烈打斗的痕迹，羽毛枕头被撕破，房间的地上到处都是白色羽毛。据黛西回忆，她在星期六做完家务后，下午三点钟就离开了罗丝家，当时罗丝在客厅内看电视。此后，黛西来到另外一个雇主家帮忙做晚饭，晚上十点多钟才回家，雇主和黛西的邻居都证明了黛西所说。即使如此，警方仍没有排除黛西作案的嫌疑。

另外，一个专门溜门撬锁的惯犯皮埃尔和一名年轻人杰克也被警察列为怀疑对象。皮埃尔是最近才流窜到小镇上的，杰克则是小镇上的一个无业居民。但他们二人同样矢口否认杀人罪行。在调查他们有无不在现场的证明时，皮埃尔只有星期六下午三点到四点这段时间不清楚。而杰克则被目击人证实，其在星期六晚上十点左右曾在作案现场附近徘徊。

三个犯罪嫌疑人都有作案的可能，穆克警长一时没有了头绪。他反复对现场进行勘查，但没有任何进展。熙攘的人群聚集在罗丝家的别墅外以及院子内警戒线以外的地方，等待着案件被侦破。

"福尔摩斯来了！大侦探来了！"

突然，人群中闪出了一条道，福尔摩斯快步走进了院子。进入了警戒线以内后，福尔摩斯与警长握手打招呼。原来，福尔摩斯已经在小镇住了两天了，他是利用休假时间来这里的，准备去小镇的郊外采集昆虫标本，柯小南因参加期末考试没有随同。福尔摩斯听到小镇上发生凶杀案，便在第一时间赶了过来。

听完穆克警长的简单介绍，福尔摩斯来到二楼的卧室和浴室查看了一下，然后回到院子里。他绕着二楼卧室窗户下的一棵大树走了一圈，又抬头看了看那些茂密的树枝，停下来思考了一会儿。

"警长，您认为谁作案的可能性比较大？"

"老朋友，现在我真的没有头绪。我认为黛西有很大的嫌疑，因为她比较熟悉这里的环境，而且容易与罗丝发生冲突，但我没有确凿的证据。那个该死的凶手真狡猾，把尸体放在浴缸内，我们无法判断出死亡的时间……呃，您怎么看呢？"

"警长，这确实是一个棘手的案件，但并不是没有办法。请您再把他们三个人无法证明不在现场的那段时间分别跟我说一下。"

警长又把三个嫌疑人的情况简单介绍了一下。

"立即逮捕杰克，凶手就是他！"福尔摩斯肯定地说。

玩转脑细胞 >>

➡ 分别假设三个人是凶手，推测他们可能的杀人动机。

➡ 仔细观察捕鸟蛛网，你有什么发现？

➡ 你了解捕鸟蛛的习性吗？

真相大白 >>

三名嫌疑人都有作案的可能，只有找到死者具体的死亡时间，才可能根据三个人不在现场的时间找出凶手。杰克被抓回来后，经过审讯仍百般抵赖，但福尔摩斯利用找到的证据排除了其他二人的作案嫌疑，而晚上十点左右在案发现场徘徊的杰克只好老实地交代了作案动机。原来，杰克生性好赌，他刚从邻镇输钱回来，一个人在罗丝家附近转悠，想弄点钱。见罗丝家里亮着灯，他便偷偷进入室内，杀害罗丝，抢走了她身上和屋内的现金，并将尸体放入热水中，以掩盖真实的死亡时间。黛西虽然熟悉环境，并有充足的机会作案，但当晚并不在现场。同样，皮埃尔也被排除了。

3

ONE MINUTE
DETECTION

名侦探笔记

➡ 捕鸟蛛的外形与习性

大树上的捕鸟蛛网对于案件侦破起到了关键作用，因此了解捕鸟蛛网的形成及捕鸟蛛的习性显得特别重要。

1 捕鸟蛛是蜘蛛中的"巨人"，最大的捕鸟蛛可达到25厘米长。

2 捕鸟蛛多在夜间活动，它经常在傍晚织网，第二天早晨再把网弄破。

3 捕鸟蛛的毒性较一般蜘蛛强，依靠毒液将落网的猎物毒死后食用。

➡ 影响物体下落轨迹的因素

文中的羽毛在下落时，其体积、形状和密度影响它的运动轨迹。

1 密度是表示物体单位体积质量的物理量。体积相同，密度不同，则质量不同。密度不同的物体在真空中同时下落，其运动轨迹一致。

2 密度、质量都相同时，实心与空心，丸状和片状，物体下落的轨迹不同，这主要与它所受到空气阻力的大小和方向有关。

➡ 通关大秘诀

抓住案件核心，巧妙排除嫌疑 ★★★

本案的关键是对凶手作案时间的确定。福尔摩斯有着丰富的动物学知识，羽毛落在蜘蛛网上，这看似平常的情景，却被他巧妙利用，迅速确定了作案时间，加速了案件的侦破。

➡ **玩转脑细胞线索**

每窗棂上躺有图案的手

保险柜里的魔鬼

公爵遗孀巨钻被偷，盗贼落网，难觅巨钻踪影！

侦探智慧惊人，揪出魔鬼之手，解巨钻蒸发之谜！

福尔摩斯正在浏览以前的卷宗，柯小南敲开了门。

"老大，简妮夫人找您，看样子是有急事。"简妮夫人是本地首富艾森公爵的遗孀。

"让她进来！"

福尔摩斯话音未落，简妮夫人就推开半掩着的门，快步走了进来。

"先生，您……您得帮帮我。"简妮夫人说话时还喘着粗气，看样子是从离侦探所一千米以外的家里跑过来的。

"您慢慢说。"

"我家老爷死前给我留下的那个大钻石丢了，昨天下午我和管家开车去了邻城的女儿家，家里没有人，今天一早回家就发现钻石被人偷走了，保险柜上还有一个好大的洞……"

"报警了吗？"

"报警了。我让管家看好现场，就来找您了，您过去看看吧！"

"夫人，咱们现在就走。小南，一起去现场！"

当他们赶到现场的时候，穆克警长和警察们已经来了。

简妮夫人的保险柜镶在卧室的墙上，虽然很小，但却是钢制的，因此有人想要把保险柜从墙上撬下搬走，是不太现实的。保险箱在不用时就被一张大油画挡住，一般人很难发现。另外，保险柜上有相当复杂的密码锁，可能盗贼解不开密码锁，便在保险柜上弄出一个大洞，偷走了钻石。

"这伙盗贼实在不太高明，连一个密码锁都打不开，还把保险柜给弄坏了。"柯小南来到现场后，看到扔在一边的油画和保险柜上的大洞，忍不住说。

福尔摩斯与穆克警长打过招呼后，问穆克警长有什么发现。

"保险柜空了，盗贼肯定是得手了。简妮夫人，保险箱的位置和里面藏着钻石，这都有谁知道？"

"我和管家，还有我的女儿，没有其他人知道了。"

"您再好好儿想想……"

"对了，还有以前我家老爷的司机基德和随从蒂姆，他们也知道。在老爷去年去世之后，他们就离开了这里。"

"他们有很大的嫌疑！来人，打电话给总局，让他们去搜查这两个人。"

福尔摩斯静静地听着穆克警长与简妮夫人的对话，敏锐的双眼同时扫视着房间的每一个角落。接着，福尔摩斯又在现场转了一圈，除了之前警长勘查时发现的两个人的脚印外，没有其他线索。看来，只有等待抓捕的人回来，看是否与地上的脚印相吻合了。

抓捕工作很顺利。基德和蒂姆很快就在火车站里被抓，带到了现场。因为有脚印作为证据，他们很快承认了作案事实。但他们说，打开保险柜时，里面根本就没有钻石，保险柜是空的！

"这不可能！那颗大钻石足足有六十克拉，怎么会没有！"

"夫人，我们发誓，里面真没有钻石。"两个窃贼跪在地上哭诉。

"难道是魔鬼拿走了我的钻石吗？"简妮夫人叫道。

"啊！魔鬼！真是天方夜谭！也许里面根本就没有钻石呢！"柯小南说。

此时，去嫌疑人家搜查的警员回来了，并没有发现钻石。

突然，一直紧盯着保险柜的福尔摩斯，脑子里闪过一个念头。

"朋友们，两个贼没有说谎，他们打开保险柜时，里面确实没有钻石。"福尔摩斯说道。

"没有钻石！我明明……"夫人听后更加着急了。

"夫人先不要紧张，让我先来询问一下这两个嫌疑人，然后再慢慢地跟你们解释。"

玩转脑细胞 >>

➡ 仔细观察保险柜，你有什么发现？

➡ 想一想，嫌疑人是怎么在坚硬的保险柜上留下大洞的？

➡ 接下来，福尔摩斯会从哪些方面审讯嫌疑人，以证实自己的想法？

真相大白 >>

两个犯罪嫌疑人在离开艾森公爵家后，生活并不如意，他们在短暂工作之后便同时失业了，因此生活上很拮据。两个人经常在一起想挣钱的办法。突然有一天，他们想到了自己原来老爷家的保险柜，据说里面藏着一颗六十克拉的大钻石。他们没有亲眼见过，只是知道保险柜在卧室中。在案发前，他们一直寻找机会，终于趁着夫人外出时选择了作案。他们没有办法破译保险柜的密码，便使用笨方法打开了保险箱，谁知里面却空无一物。作案后，他们不敢停留，便一起外出躲避，谁知很快便在火车站里被抓获。

ONE-MINUTE
DETECTION

名侦探笔记

➡️ 钻石的价值与性质

钻石的价值 钻石因为其稀有性，价值极高，常受到世人的追捧和窃贼的觊觎。

1 钻石除了在色泽、纯度和重量上有讲究之外，还有很重要的一点影响其价值，那就是它的车工，或称切割。

2 目前世界上最大的宝石级金刚石是号称"非洲之星"的"库利南"钻石，重达3106克拉，后被切割成100多颗大小不一的珍贵钻石。

钻石的性质 愚笨的盗贼不知道钻石的性质，简直是"暴殄天物"。

1 钻石是自然界中已知最硬的材料，常用来制作金刚钻头，以切割其他材料。钻石的脆性极大，在受到撞击时，极易破碎。

2 钻石的主要成分是碳，其在空气中适应的温度为850～1000℃。高于这个温度，钻石便会燃烧，变成气体。

➡️ 通关大秘诀

熟悉物质的物理和化学性质 ★★★

每种物质都有不同的物理和化学性质，如果不了解它们，往往会使案件侦破陷入困境。如本案中，钻石的神秘消失与氧气切割机的使用不无关联。而温度则是连接它们的桥梁，钻石燃点是解决问题的关键。

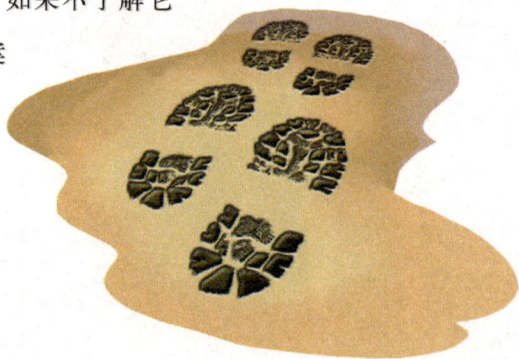

➡️ 玩转脑细胞线索

钻石和碳的物理化学性质

冰湖绝命

○ 寒冷冬日，神秘的冰上窟窿，有人不慎跌入其中！

○ 生命消逝在冰湖，事情的真相究竟是什么？

在一个寒冷的冬日傍晚，福尔摩斯和柯小南正因为连日来一件非常棘手的案子而忙得焦头烂额，他俩坐在湖边，仔细地回忆着案件的整个发展经过和各个细节。

这时，周围的气温只有零下十几度，正当他们在讨论案件的时候，一个浑身水淋淋的年轻人突然冲了过来。

这个年轻人满脸焦急，他用颤抖的声音，惊恐地朝着福尔摩斯和柯小南大声喊道："快！快！请帮帮我，帮帮我……"话还没有说完，这个年轻人就跪倒在地上，埋头痛哭起来。

柯小南赶紧站起身，跑到年轻人身边询问发生了什么事情。

"我……我的女朋友……她不小心掉进冰窟窿里面了……天啊，我当时就下水去救她……可是，她不会游泳……我一个人的力量又有限……现在……恐怕她已经沉下去了……快！求你们了，求你们一定要救救她……"

福尔摩斯听完，赶紧掏出手机给穆克警长打了电话，并向他简短地说明了情况，而此时，柯小南则扶起那个痛哭的年轻人，和他一起向着案发地点跑去。

福尔摩斯打完电话，马上和柯小南取得了联系，他按照柯小南的指引，赶紧向他俩追去。

大约过了十分钟后，福尔摩斯在一个冰湖旁看到了柯小南和那个年轻人。福尔摩斯快步跑到冰窟窿边，弯下腰仔细地看了看那个冰窟窿。

"老大，事不宜迟，我还是先下水救人吧。"柯小南看了一眼冰窟窿，抬头对福尔摩斯说。

"你还是不要下去了，从事发到现在大约已经过了半个多小时了，这个女孩在如此冰冷的湖水里泡了这么久，而且还不会游泳，肯定是没有生还的可能了。"福尔摩斯非常冷静地说。

"不，不会的，请你们一定要救救我的女朋友，求你们了！"年轻人又一次痛哭起来，他激动地伸出手拉住福尔摩斯的胳膊，不停地哀求着。

"你女朋友是怎么掉进去的？"福尔摩斯问。

"我带她到湖边来玩，结果……她不小心滑了进去……"年轻人悲痛地说。

"这么冷的天，我想知道你们为什么要到这儿来呢？"柯小南问道。

"是这样的，我平时工作特别忙，已经很久没有和她出来旅游了。为了弥补她，这次我是准备向她求婚的……可是，她却……"年轻人说着还从口袋中掏出了一枚戒指，他停了一会儿，再一次哽咽道，"我原本只是想给她一个惊喜，就把她带到湖面上来，假装让她看看冰窟窿里面有没有小鱼，我想等她一转身就把戒指送给她，可没想到……她竟一个不小心滑了进去……当时，我来不及抓住她，但立即就下水去救她，但是她不会游泳啊……我一个人的力量有限，实在是没有办法，我才回到岸上去找人求助的……但，但现在……天啊，我不能没有她啊……"年轻人已经泣不成声了。

"你上岸的时候，周围没有其他人吗？"福尔摩斯问。

"是的，因为是傍晚了，而且天气这么冷，湖边没有人，我当时很着急，只想着要赶紧找到人救我的女朋友，于是我就拼命地跑，跑了十几分钟后，终于在那个湖边看到了你们。"

福尔摩斯听完后，没有说一句话，他只是看了年轻人一眼，然后低头想了一会儿，最后才静静地说道："年轻人，请你不要再撒谎了，好吗？请耐心地等一会儿吧，穆克警长马上就过来，请你和他一起回警局协助调查！"

玩转脑细胞 >>

➡ 回忆一下，按年轻人的叙述，从事故发生到他见到福尔摩斯用了多长时间？

➡ 请仔细观察年轻人的衣服，你发现了什么？

真相大白 >>

果然，当福尔摩斯列出强有力的证据后，年轻人再也无法辩解了。他痛苦地瘫坐在冰面上，捂着脸开始抽泣起来。在铁的事实面前，年轻人老老实实地向福尔摩斯和柯小南交代了作案经过。

原来，这个年轻人本和他的女朋友是一对感情非常要好的情侣，他们是大学同学，出了校门后，两个人都找到了很不错的工作。可是，随着时间的推移，两个人的差距却越来越大。女朋友凭借自己的能力在工作中取得了非常好的成绩，再加上一些机遇，她很快就被提升为公司主管，成为职场上的强人。而年轻人的事业却总是停留在原地，根本没有太大的进步。

在面对女朋友时，年轻人越发显得自卑，他开始不停地猜疑女朋友，而女朋友也开始疏远他，并在他们出游的这天跟他提出了分手。年轻人一时受不了打击，便在愤怒之下将女朋友推进了冰湖中。

13

ONE MINUTE
DETECTION

名侦探笔记

→ 人的体温

当人的体温下降到低于正常体温 10℃～20℃左右时，身体就会丧失正常的机能，从而导致死亡。

1 人体的正常体温一般是在37℃左右，保持正常的体温是人体进行生命活动和新陈代谢的必备条件之一。

2 当一个人在过度疲劳的时候，如果身体散失的热量大于产生的热量，即使在不太冷的环境之中，也是有可能被冻死的。

3 在正常情况下，人的体温会随着年龄、昼夜等因素不断变化，但波动范围不会超过1℃。

4 对体温的测量一般有两种方法：接触和非接触。接触主要是指通过温度计与身体接触测量；非接触是指利用特殊仪器离体测温。

→ 通关大秘诀

细致的观察力 ★★★

福尔摩斯厘清思路后，通过仔细观察，发现了年轻人身上的破绽，最终顺利破案。可见，拥有细致的观察力对破案也是很有帮助的！

具备物理学知识 ★★★

在本案中，福尔摩斯根据物理学知识，推断出年轻人就是杀人凶手。因此，掌握一定的物理学知识也是作为一个侦探所必备的素质之一呢！同学们平时也要多多加强这方面的学习哦！

→ 玩转脑细胞线索

因为年轻人的衣服没有被水

大雨中的凶杀案

⊘ 昏天暗地时，海岛暴雨突袭，电闪雷鸣，狂风呼啸……

⊘ 见义勇为后，歹徒暴死，是防卫过当，还是……

K岛这天突然下起了倾盆大雨，在这个炎炎夏日里，下一场这样的大雨确实让人感觉凉爽了不少。

尽管窗外电闪雷鸣，狂风大作，但是这丝毫没有影响到年轻人卡尔费罗的阅读心情。卡尔费罗是一个狂热的侦探迷，从小就立志要做一个侦破谜案的大侦探，这不，连工作之余都不忘阅读，给自己扩充侦探知识。

突然，窗外传来了一阵撕心裂肺的呼叫声："抓贼！抓贼！"

卡尔费罗从窗户里看到，在雨夜中，一个老太太正在吃力地追赶一个中年人。卡尔费罗二话没说，赶紧在房间里找了一根木棍，然后冲出门去。

屋外的雨劈头盖脸地朝着卡尔费罗打来，他借助路灯发出的微弱灯光，看到了那个跑在前面的瘦高的男子。

老太太仍旧在男子后面追赶着，"求你了，不能太黑心了呀，那些可是我的养老钱，请你把它们还给我吧……"慢慢地，老太太已经有点力不从心了。

卡尔费罗看到那个男子一手拎着一个黑色的布包，一手还握着一根长长的铁棍。男子见老太太对自己穷追不舍，气急了，转过身对着老太太就是一脚。这一脚踢得可不轻，老太太立即摔倒在地，发出一阵惨叫。

卡尔费罗见状赶紧加快速度，奋力冲到了男子面前，他高举手中的木棍，使尽全力要向男子打去。男子见了，在惊慌之中，赶紧拿出手中的铁棍抵挡。

就这样，卡尔费罗和男子的棍子在半空中上下飞舞起来。由于卡尔费罗在身高上略占优势，男子渐渐抵挡不住，他开始胡乱地挥舞起手中的铁棍来。

男子边打边退，突然猛地一下子钻进了身后的山林中，向着山上跑去。卡尔费罗紧握木棍，加快速度追上去。

这是一座光秃秃的山林，上面没有一棵树木。由于天太黑，路边完全没有一点光线，卡尔费罗无法看清男子的身影。就在这时，天空中划过一道闪电，过了一会儿又发出阵阵巨响，这雷声就好像发生在距离山顶不远的地方。

卡尔费罗借着闪电的亮光终于看到了男子，那个男子此刻正站在不远处，而男子也通过闪电看到了卡尔费罗。只见男子慢慢地举起手中的铁根，拼了命地向着卡尔费罗砸来。卡尔费罗刚准备举起手中的木棍予以还击，突然，他看见男子浑身抽搐，然后倒在地上，不再动弹了。

这是怎么回事？卡尔费罗看了看周围，附近一个人也没有，卡尔费罗既没有听到枪声，又没有看到别人，这个歹徒怎么就突然倒在了地上？

卡尔费罗小心翼翼地走近歹徒一看，发现男子已经断气身亡了。

大约过了半个小时之后，警察赶到了现场。

由于法医在男子身上发现了多处致命伤，警察由此判定是卡尔费罗防卫过当，失手将男子打死了。于是，警察在当晚将卡尔费罗关进了拘留所。

卡尔费罗的父亲得知这件事情之后，非常着急，他怎么也想不到一向正直的儿子竟然会打死人，他觉得这件事很蹊跷，便赶紧给福尔摩斯打了电话，请求他查明此事。

第二天，福尔摩斯便带着柯小南去了案发现场，他们对现场进行了仔细检查。

"当时周围并没有目击证人，根据卡尔费罗的口供，他是看着歹徒突然倒下去的。"柯小南在一旁分析说，"那么歹徒为什么会突然倒下去呢？"

"原因很简单……小南，卡尔费罗是被冤枉的，我们赶紧回警局向警长说明此事吧！"福尔摩斯说。

玩转脑细胞 »

➡ 仔细观察一下男子手中的铁棍，看看铁棍顶端有什么可疑之处呢？

➡ 想一下，为什么歹徒在举起铁棍的时候突然浑身抽搐呢？

真相大白 »

原来，老太太在收到养老金后，便连夜冒着大雨往家赶。

结果，这个在雨夜中行走的老太太引起了歹徒的注意。这个歹徒原本就是一个游手好闲的人，每天守在各个街道口，等着抢劫行人。可是这天天气太差，歹徒等了半天也没有什么人经过，于是便准备回家睡觉。

看到这个老太太后，歹徒只是想碰碰运气，没想到，老太太手中抱的布包里竟然装了那么多钱！歹徒高兴地抱着布包就往家里跑，不料，却在半路上遇到了卡尔费罗，最终丢掉了自己的性命，得到了应有的惩罚。

ONE MINUTE
DETECTION

名侦探笔记

→ 雷电与防雷知识

雷电 当雷电发生时，极容易产生雷击事件，威胁着人类的生命安全。

1 世界每年都会发生几百万次雷电现象，而由雷电带来的灾害更是不计其数。目前，雷电已经被认为是严重的自然灾害之一。

2 虽然雷电为人类带来了许多灾害，但它也是造福地球的。比如，雷电产生时，能将一部分氧气转化成臭氧，从而保护了地球生物。

防雷知识 由于雷电具有强大的破坏性，因此我们要作好预防工作。

1 发生雷电时，不在室外活动或在树下躲避，应蹲下身子，防止雷击。

2 立即关掉室内电源、门窗、家用电器等。

3 在户外，当感到头发立起，肌肉发抖时，即有被雷击的危险，应该马上卧倒，防止雷击。

→ 通关大秘诀

了解雷击现象发生时的常识 ★★★

本案中，福尔摩斯结合现场，再根据发生雷击现象的常识，最终为卡尔费罗洗清了罪名。作为一个侦探，在破案时，不仅要有冷静的头脑，还要结合常识来断案哦！

敢于持怀疑态度 ★★★

当警察作出判定后，福尔摩斯并没有人云亦云，而是敢于怀疑，最终找到了事实真相。

➡ **玩转脑细胞线索**

雷电击中华梅海措

冬日里的神秘男人

○ 严寒冬日，窗户前出现一个长着胡子的神秘男子……

○ 惨不忍睹的现场，究竟是自杀还是可怕的谋杀？

快要到圣诞节了，柯小南非常高兴，一心想着要为福尔摩斯准备一份圣诞节的礼物。尽管外面寒风刺骨，但是柯小南并不在乎，他高高兴兴地和秘书丽莎一起在商店里逛了好半天，终于给福尔摩斯挑选了一件称心如意的礼物。

刚走出商店大门的时候，福尔摩斯的电话就打来了。

"小南，我刚刚接到穆克警长的电话，说Z公寓发生了一起凶杀案，你要和我一起过去看看吗？"福尔摩斯说。

"老大，我这就赶过去。"柯小南赶紧挂断电话，将手中的礼物递给了丽莎，然后转身拦下了一辆出租车。

柯小南赶到现场时，福尔摩斯也刚到不久，他正在向穆克警长询问案情。

"死者住在公寓六楼，名叫苏娜，二十多岁，案发时间是昨晚11点钟左右。我们已经检查过房间，屋内没有打斗过的痕迹。"

"是谁发现了死者，报案人是谁？"

"是我报的案，侦探先生。"一个年轻人向着福尔摩斯走了过来，"今天一大早的时候，我来到苏娜的家门口，发现大门是开着的，所以我就直接推开房门进去了，结果却看到苏娜躺在地上。"

"你和死者原本就认识？"

"没错，我是她的朋友，可是，最近一段时间我们总是不停地吵架，因此，已经有好几天没有来往了。"这个名叫卡西什文的年轻人在说出这些话的时候，脸上闪过一丝不满。

"你能将进入房间后看到的情况再详细地说一遍吗？"福尔摩斯说。

"好的，没问题。当我走进房间时，发现厨房里的瓦斯还开着，而且还烧着火，我想应该是烧了整整一个晚上的原因吧，再加上所有的窗户都是紧闭的，只有窗帘是半开的，所以屋里的温度特别高，就算是在如此寒冷的天气里，走进她的房子里都会让人感到有些燥热……"

卡西什文的话还没有讲完，福尔摩斯就突然打断道："请问你住在哪儿？"

"我住在苏娜对面的那栋公寓里，我的楼层比苏娜的高一点。"

"两栋楼之间距离多远呢？"

"应该有20米吧。"

"既然你们最近总是吵架，那你今天怎么又来找苏娜呢？"

"是这样的，我昨天晚上在家的时候，注意到有个陌生人来过苏娜的家，因此，我有一点担心她，所以今天就想过来看看。"

"你为什么要注意苏娜的房间呢？"

"实不相瞒，苏娜是我的女朋友。虽然我们经常吵架，但我承认还是非常喜欢她的。因此，我几乎每天都会朝苏娜家里看上几眼才放心。"说完，卡西什文看了看福尔摩斯，然后又继续说，"昨天晚上，我看到有一个陌生人走进了她的房间，那个男人大概有三十多岁。"

刚听到这儿，福尔摩斯连忙问道："你看清那个人的样子了吗？"

"是的，因为苏娜将窗帘拉开了，所以我能透过窗户看到那人的面容，我想他就是杀害苏娜的凶手！他身穿黑西服，戴着墨镜，嘴巴上还留有小胡子。"

"既然你看到有陌生人进来，为什么不在昨天晚上报警呢？"

"因为苏娜有许多定居在国外的亲戚，我以为是哪位亲戚来了，所以没有太在意。我觉得那个男子就是凶手！"

"是吗？"福尔摩斯笑了笑，继续说，"我看真正杀死苏娜的人并不是那个男子，而是你！"

玩转脑细胞 >>

➡ 仔细观察一下神秘男子所在的房间的窗户，看看窗户上隐藏着什么重要的破案线索呢？

➡ 为什么当卡西什文说出男子的样子时，福尔摩斯就断定杀人凶手是卡西什文呢？

真相大白 >>

当福尔摩斯揭穿卡西什文的谎言后，他只好承认了自己的犯罪事实，并老老实实地交代了自己的作案动机。

原来，苏娜的父亲非常富有，是好几家公司的总裁。苏娜的父亲原本打算让她继承自己的公司，可苏娜生性要强，想通过自己的努力成就一番事业，便从父亲的豪宅里搬了出来，住进了租来的公寓中。当同学卡西什文得知这件事后，便开始追求苏娜，他之所以这么做，完全是为了得到苏娜父亲的事业和钱财。

不久，苏娜就知道了事情的真相，便向卡西什文提出分手，不管卡西什文如何请求，苏娜都不同意与之复合，卡西什文恼羞成怒，最终残忍地杀害了苏娜。

ONE MINUTE
DETECTION

名侦探笔记

→ 人的体温

凝华是一种自然现象，经常出现在人们的日常生活中。

1 凝华是物质由气态不经过液态而直接变成固态的现象。

2 凝华现象是物质的放热过程。

3 一般情况下，凝华的形成原因是温度的急剧下降，或者升华现象造成的。

4 生活中随处可见凝华现象，比如在冬天，当室内的水蒸气附着在低温的玻璃上时，就会发生凝华现象，从而在窗户上形成许多冰花。

→ 通关大秘诀

善于引导凶手说出犯罪事实 ★★★

在破案过程中，除了要仔细斟酌犯罪嫌疑人的各种辩词之外，如何引导嫌疑人说出事实真相也是很重要的哦！本案中，福尔摩斯一环接一环地向卡西什文提问，最终找出了卡西什文的破绽。可见，掌握巧妙的提问方法也能帮助我们成功破案呢！

保持清醒的头脑 ★★★

卡西什文的辩词看似毫无破绽，却隐藏着极易被忽视的漏洞，这就要求我们在分析案情的时候，一定要保持一颗清醒的头脑，不轻易放弃任何一个可疑之处。

➡ **玩转脑细胞线索**

圈出上有小冰霜

夺命练功房

◎ 封闭的瑜伽练功房，男主人离奇死亡，难道是死神夺命？

◎ 干枯的尸体，到底隐藏着多少不为人知的秘密？

这段时间，吉姆克罗全家上下陷入了一片阴森、恐怖的气氛之中，原来，这家的男主人吉姆克罗在自家的练功房里神秘地死亡了。

吉姆克罗是瑜伽的忠实追捧者，为了给自己营造一个良好的练功环境，他还特地买下了一间旧的练功房，并专门聘请了四个印度瑜伽教练和他一块儿练习瑜伽。

吉姆克罗对瑜伽的痴迷简直到了狂热的地步。他经常把自己反锁在练功房里进行艰苦修行，而每当这个时候，他都是不允许任何人进来打扰的，就连自己的妻子也不行。吉姆克罗通常在进入练功房之前都会准备好练功时所需要的食物，接着便不再听闻外界的事物，像这样的练习一练就是半个月。

然而，就是这样一个内向的、热衷于追求宁静的人却在练功的时候离奇地死亡了。

那是冬日的一天，四个印度教练突然神情慌张地跑到夫人跟前，告诉她吉姆克罗饿死在了练功房中。

夫人惊讶得差点儿昏了过去，在用人们的搀扶下，她才勉强来到练功房。

只见在那个大门敞开的练功房里，吉姆克罗正僵卧在睡床上。他瘦骨嶙峋，脸色发紫，双眼大睁，而那些一个月之前精心准备的食物却完整无缺地摆放在一旁。夫人在哀伤之时，心里不禁充满了疑问：丈夫明明是在准备好了食物之后才开始练功的，不可能会让自己活活饿死的呀！

警察很快对现场进行了调查，他们发现这间练功房是用坚硬石块堆砌而成的，而且吉姆克罗在练功期间，门一直都是反锁的。

练功房的地面距离屋顶约有15米，屋顶只有一个小型的四方天窗，上面的铁栅栏非常结实，而且间隙也很小，所以根本没有人能从那里进入到室内，也就是说，这间练功房是一个完好的密室，而警察在房间里也没有找到任何凶器。

接着，警察仔细检查了吉姆克罗的食物，发现里面也没有任何毒物。检查结束后，警察立即审讯了那四个教练，他们说在吉姆克罗练功期间，他们四个请假回了印度，根本不在吉姆克罗家。

"是的，这点我可以证明，当时我还给了他们一些路费。"夫人哭泣道。

警察据此推断：吉姆克罗是绝食自杀的！可如果真是自杀，那他为什么又要准备那么多食物呢？现场也找不到任何有作案动机的人，难道真的是有幽灵入室杀害了吉姆克罗？就这样，调查陷入了僵局，为了顺利破案，警察请来了福尔摩斯和柯小南。

福尔摩斯仔细观察了现场之后，在满是灰尘的地面上发现了一个可疑之处。

福尔摩斯低着头想了一会儿，然后对柯小南说："你去查一下，看吉姆克罗有没有什么特殊的疾病？另外，你再去检查一下屋顶，天窗附近应该有绳子之类的东西，一定要仔细检查！"

柯小南不敢耽搁，火速前去调查。很快，他就回来了，"老大，你说得没错，吉姆克罗的夫人说他患有非常严重的恐高症，而天窗周围也确实有一小段绳子……但是，这些事情究竟和案件有什么关系呢？"

听完这些，福尔摩斯只是淡淡地笑了笑，然后说："那就对了，我已经知道凶手是谁了，警察先生，请立即前去逮捕那四个印度教练！"

玩转脑细胞 >>

➡ 仔细观察地板，你发现什么可疑之处了吗？

➡ 吉姆克罗的恐高症到底和本案有什么联系呢？

➡ 天窗附近的绳子又说明了什么呢？

真相大白 >>

当福尔摩斯分析完整个案件之后，那四个印度人仍坚持说自己没有杀害吉姆克罗。

"在吉姆克罗练功期间，我们四个一起回了印度，这点是夫人可以作证的呀！"四个印度教练仍旧狡辩道。

"难道你们还想继续说谎吗？这一小段绳子就足以证明是你们杀害了吉姆克罗！"福尔摩斯举着绳子严厉地说，"因为上面有你们的指纹！"

四个印度教练听后，脸色惨白，在铁的事实面前，他们不得不老实地交代了犯罪动机。

原来，吉姆克罗虽然平时为人友善，但在很早的时候，年轻气盛的他因为生意和伙伴发生了冲突。伙伴虽然在表面上还是和吉姆克罗保持良好的合作关系，但早就怀恨在心了。慢慢地，伙伴发现吉姆克罗非常痴迷瑜伽，便雇用了四个印度人假扮教练，然后让他们乘吉姆克罗长时间练功的时候杀害了他。

ONE MINUTE
DETECTION

名侦探笔记

➡ 恐高症和恐高症的治疗

恐高症　恐高症又称为畏高症。

1 常见的恐高症的基本症状有眩晕、恶心、呕吐、食欲不振等。

2 眩晕通常会使人的身体失去平衡感，因此，患有恐高症的人如果站在高处的话，那就非常危险了。

3 目前，由于人类生活的环境越来越复杂，恐高症的患者也越来越多。

恐高症的治疗　恐高症属于恐惧症，是单纯恐惧症。常见的治疗方法有以下几种。

1 系统脱敏疗法：让患者通过面对恐惧，进行克服性的自我治疗。

2 暴露疗法：即满灌疗法。在治疗者的正确引导下，鼓励患者直接面对导致恐惧的场景，直到紧张的情绪消失为止。

➡ 通关大秘诀

关注细微处 ★★★

地面上微小的挪痕是破案关键，福尔摩斯凭借细致的观察，发现了这个疑点。看来，想要成为一个侦探，还要时刻注意抓住每一个细微之处哦！

强大的想象力 ★★★

作为一个侦探，想象力是很重要的。福尔摩斯将恐高症、床的挪移、天窗联系起来，从而成功地破解了谜案。

➡ **玩转脑细胞线索**

床的有移动的痕迹

犯罪现场的鞋印

◎ 女画家惨死家中，嫌疑人拼命喊冤，背后真相谁能揭开？

◎ 案情铁证如山，供词扑朔迷离，谁是谁非？

进入初秋的A市，景色渐渐萧瑟起来。

福尔摩斯和柯小南在侦探所里处理着以前的一些文件。最近一直没有人来找过福尔摩斯，这样清净的日子原本该是一种奢侈，然而两人竟然不约而同地有些许失落。看来，这都是他们血液里的不安分因子在作怪。

临近中午，忙了几个小时的两人打算去吃饭。就在这时，一阵久违的电话铃声响起："福尔摩斯先生，我是穆克警长，本市著名的女画家露易丝被人杀害了，请您到警局来帮助我们破案。"

"看来，我们又有的忙了。"福尔摩斯挂下电话说道。

顾不上吃午饭，两人立刻到了警局。穆克警长已经在办公室里等候他们多时了。

"案情有什么进展吗？"福尔摩斯问道。

"我们已经抓到凶手了，他就是死者的外甥汤姆。"

"哦，这么快！这次的破案效率还真是高啊！"福尔摩斯有些吃惊，"那既然已经破案了，为什么又叫我们来呢？"

　　"我们在凶案现场采集到了凶手的鞋印，经鉴定是汤姆的。当我们去逮捕他的时候，他正好就穿着那双鞋。但是，汤姆拼命地喊冤，他的女友也为他提供了不在场的证据。这让我们一时之间无法判断了。"

　　"那让我们去凶案现场看一下吧。"福尔摩斯说着就站了起来。柯小南和穆克警长跟在后面，一前一后地走了出去。

　　自从案发后，现场就被很好地保护起来了。露易丝在自己的房间里被杀害，房间和大门之间有一块泥地。凶手的鞋印就印在这泥地上。福尔摩斯仔细查看了鞋印，发现这脚印有些奇怪。

　　"露易丝的家庭情况如何？"福尔摩斯问道。

　　"露易丝早年丧夫，膝下没有子女，在这个城市里就只有汤姆一个外甥。"穆克警长介绍说。"哦，对了，"他像想起了什么似的，"露易丝还有一个侄女，叫海伦。海伦和她的表哥，也就是嫌疑人汤姆住在一起。"

　　"这倒是很有趣，怎么又突然冒出个侄女呢？"福尔摩斯很感兴趣地问道。

　　"哦，虽然是露易丝的侄女，但是海伦和露易丝似乎关系不怎么好。好像因为这层关系，露易丝也从来不去汤姆家，一直都是汤姆单独去露易丝家看她。"穆克警长介绍说。

　　"也许我们去问问汤姆本人就会有什么新的进展呢？"柯小南建议道。

　　"好主意，小南，"福尔摩斯说，"说不定汤姆会给我们一些意想不到的帮助呢。"

　　在看守所里，福尔摩斯等人见到了汤姆。福尔摩斯立刻问他关于犯罪现场鞋印的问题。

　　"这我也不知道啊！我那天晚上是和我女朋友在一起的，而且就穿着那双鞋。结果我第二天在公司上班时就被抓了。我真的是冤枉的。"汤姆哭着说。

　　"你确定自己一直穿着那双鞋？"福尔摩斯问他。

"是啊，我记得很清楚，我是三个月前和海伦逛商场时买的。然后就每天都穿着它，从没换过，一直到被警方逮捕。"

"你买这双鞋的时候，海伦也在场？"

"是的，这双鞋还是海伦帮我选的。"汤姆说道，"每天上班前，海伦都会细心地帮我把鞋摆好，我直接穿上就去上班了。"

从看守所出来，福尔摩斯对穆克警长说："这个海伦有很大的嫌疑，我们不妨去一趟汤姆买鞋的商场。或许就能找到答案了。"

玩转脑细胞 >>

➡ 汤姆的女友提供了不在场的证明，这对破案有什么帮助？

➡ 海伦和汤姆住在一起，这和凶杀案有什么联系吗？

➡ 观察地上的脚印，你发现有什么奇怪的地方吗？

真相大白 >>

从商场处得知，海伦曾买了一双和汤姆脚上穿的一样的鞋。当福尔摩斯找到海伦时，她交代了是她杀了露易丝，并嫁祸给汤姆的。

海伦的父母很早就去世了。他们临终的时候，把海伦托付给了露易丝和她的丈夫抚养。海伦的叔叔很照顾海伦。但是，露易丝和这个侄女的关系不是很好，经常当着海伦叔叔的面教训海伦，这也在海伦的心里埋下了仇恨的种子。在叔叔离世后不久，海伦就离开了露易丝家，她发誓一定要报复露易丝。后来，她和表哥汤姆一起生活，看到汤姆经常去看望露易丝，便想出了一个恶毒的计划。她趁着汤姆去女朋友家的时候，跑去杀害了露易丝，并在现场留下了汤姆的脚印，以此来嫁祸于他。虽然在本案中，她一直不被大家注意，但最终，她还是没能逃脱法律的制裁。

ONE MINUTE
DETECTION

名侦探笔记

→ 人的体温

警方从犯罪现场提取鞋印，从而逮捕了汤姆，犯罪痕迹勘查在破案中作用巨大。

1 犯罪痕迹是由犯罪行为实施引起的犯罪现场的一切物质变化。

2 犯罪痕迹研究是以案件中的物质为基础，以法庭证据作用为前提的。

3 犯罪痕迹泛指各种物体、物品的位移和相互关系的改变，外表形象、状态的改变，物质性质的变化，物品数量、种类的增减，气味、颜色的变化等。

4 犯罪痕迹的具体研究对象是手印、足迹、工具痕迹、枪弹痕迹、牙齿痕迹、车辆痕迹、整体断离痕迹、外围痕迹等。

5 犯罪痕迹的分析方法包括痕迹的形成原因、遗留位置、痕迹与其他物证之间的关系、痕迹的成痕介质、新鲜程度等。

6 研究犯罪痕迹，能确定犯罪嫌疑人的身高、年龄、行走姿势、使用的作案工具、动作习惯等，为揭露和证实犯罪提供科学依据。

→ 通关大秘诀

合理的假设 ★★★

在案件侦破遇到瓶颈时，借助合理的假设往往能使破案工作获得新的进展。在本案中，福尔摩斯先假设了海伦是犯罪嫌疑人，然后再找证据一步步验证假设，最终侦破了这起凶杀案，还了汤姆清白。

➡ **玩转脑细胞线索**

嘲阳出中国鞋，下海诩稽

房门外的脚步声

◎ 老式公寓罪犯出没，数学家惨遭毒手，谁人行凶？

◎ 聪明学者遇难前巧留线索，残忍凶手最终难逃法网。

A 城是一座现代化的城市，处处洋溢着希望和朝气。但在城市的某些角落，却充斥着动荡与黑暗。虽然警方对这些地方严加看管，但还是难以阻止一些恶性事件的频繁发生。

一个风和日丽的上午，一位太太来到了位于城乡结合处的一个警察局报案。她名叫米莉，是一幢老式公寓的管理员。这一幢老式公寓是这一地区最混乱的地方之一，里面住满了假释犯和地痞流氓。

据米莉太太讲，遇难的人住在公寓的310房间里。他叫笛生，是一个痴迷于数学研究的人。他整天把自己关在屋子里研究深奥的数学理论，对门外的事情毫不关心。他一直希望能得到别人的赞助进行数学研究，他确定自己能成为像伽利略和爱因斯坦那样的科学家。可惜，笛生一直没有碰到赞助人，所以他只能长期租住在这幢老式公寓内，过着饥一顿饱一顿的生活。

在这里，只有公寓管理员米莉太太是笛生唯一的朋友，并时常在他饿肚子的时候接济他。

这天一大早，米莉太太想起有好几天没有看到笛生了，便来到他住的310号房间察看。敲了半天门没有任何反应，米莉太太低头发现笛生的房门下端隐约有一摊血迹！血液从门内流出来，已经凝结成了深红色。米莉太太忍不住尖叫，接着飞快地跑到附近的警察局报了案。

穆克警长接到警员的汇报时，他正在和福尔摩斯聊之前发生在首都的那起大使秘书遇害案。于是，穆克警长便邀请福尔摩斯一起去现场。而柯小南这天去朋友家玩了，不在侦探所里。

到了现场，警察破门而入。一进门，只见笛生身中六刀，躺在一张桌子的旁边，流出的血在地板上凝结成一大片血迹，一直延伸到门口，桌子上堆满了一堆一堆的演草纸。福尔摩斯、穆克警长及警员们马上开始寻找线索。

经过现场勘查，穆克警长确定笛生的死亡时间是三天前。凶手显然是个职业罪犯，他没有留下自己的指纹和脚印，同时还带走了凶器。据米莉太太回忆，三天前她隐约听到从笛生屋子里传出了激烈的争吵声。

"米莉太太，您觉得这么残忍的事情有谁会干呢？"穆克警长问米莉太太。

"这幢公寓里所有的人都有嫌疑，"米莉太太说，"这些人都曾经是职业罪犯。要不是这里租金便宜，笛生也不会住在这里。他是个多好的人啊！由于痴迷数学研究，他经常熬夜，又缺衣少食，所以最近神情有些恍惚。"说着，米莉太太忍不住流下了眼泪。

"警长，你看这个。"一位警员拿起一张纸递给了穆克。这张纸是从一堆演草纸里被找出来的，上面写着："他又来了，越来越近了，你听，脚步声，嗒……嗒……嗒……"穆克看后，认为这是笛生临死前留下来的，但他从中找不到任何线索。他把纸递给了蹲在地上察看尸体的福尔摩斯。福尔摩斯已经看了半天尸体，似乎找出了什么线索。

福尔摩斯拿着纸，又端详了半天，抬头问米莉太太："太太，公寓里面有行动不便的人吗？"

"有一个。他的腿好像是以前参加黑帮打斗时被人打断了。"

"应该是住在这一层吧？"

"是的，离这儿不远。您怎么知道？"米莉太太满脸疑惑。

"米莉太太，我再跟您确认一个问题：笛生先生是一直梦想着要当一个知名的数学家，是吧？"

"嗯，是的。"

"凶手就是那个腿脚不便的人，他住在314房间。"

"啊！"福尔摩斯不但找到凶手，还说出了他住在哪儿。这一下，连一向沉着冷静的穆克警长也露出了惊讶的表情。

玩转脑细胞 >>

➡ 根据米莉太太的讲述，你能获得哪些关键线索？

➡ 观察数学家的尸体，看看有什么特别之处？

➡ 文中能证明凶手身份的关键线索有几条？

真相大白 >>

虽然笛生贫困潦倒，公寓里的大部分人都知道，但刚搬进314房间里的人却不了解。一天，他走进数学家的房间，向其索要钱财。但数学家身无分文，该嫌疑人便让他两天内筹一笔钱给他。两天后，也就是事发当天，数学家没有筹到钱，他听到门外的脚步声，便在草稿纸上写下了一段话。接着，嫌疑犯进屋，他们难免发生一番争吵。争吵中，嫌疑犯持刀将数学家残忍杀害，并熟练地清除了犯罪现场留下的指纹和脚印，关上门后装作若无其事的样子走开。警察抓住他后，在他的床下发现了作案用的凶器。他对自己的犯罪事实供认不讳。

ONE MINUTE
DETECTION

名侦探笔记

➤ 死亡时间的判定

本案中，通过警察的鉴定，笛生死于三天前，与米莉太太的回忆相符。那么，判断尸体死亡时间的方法一般有哪些呢？

1 看尸体的僵硬程度。一般情况下，人在死后30分钟～2小时内就会硬化，9小时～12小时完全僵硬，30小时后软化，70小时后恢复原样。如果在土中或水中，或在低温干燥情况下则会延缓，高温潮湿条件下则会加快。

2 根据尸体温度判断。一般来讲，人死后10小时之内，尸体温度每小时下降1℃；人死后10小时以上，尸体温度每小时下降0.5℃。

3 根据人死后，在尸体低下部位皮肤出现的紫红色斑块，即尸斑来判断。尸斑通常在死亡后2小时～4小时出现，经过12小时～14小时发展到最高峰，24小时～36小时固定下来不再转移。

4 一般尸体现象的发生、发展受内外因素影响较大，应综合全部材料进行客观的分析。

➤ 通关大秘诀

合理、大胆想象，妙解遗留线索 ★★★

看完本案，我们不得不佩服数学家的急智和福尔摩斯的聪明。危机时刻，数学家留下破案线索；福尔摩斯发挥想象力，由此推测出凶手所在，与另一线索相呼应，罪犯难逃法网。因此，合理、大胆的想象对于侦破案件至关重要。

➡ **玩转脑细胞线索**

嫌凝点生在印图孔

古堡里的夺命黑影

○ 商人、游客蹊跷殒命，古堡难道是通向地狱之门？

○ 福尔摩斯夜闯禁地，夺命幽灵终现原形。

在 B国，只要一提起浩瀚的哈森沙漠里那座高大而神秘的古堡，人们就不寒而栗。近几年来，凡是路过这里的商人和游客夜宿古堡，都逃不了命丧黄泉的厄运，不但如此，他们身上所带的财宝也都不翼而飞。古堡里的杀人凶手到底是谁？用的是什么凶器？由于在死者身上查不到伤处，法医也无法验明致死原因。

为解开恐怖古堡之谜，当局调来了全B国最有名气的侦探和警察。谁知，连警察都逃不过死亡的厄运！B国的人们再次感受到夺命幽灵在头顶上盘旋。当局无奈，只好在古堡外贴下告示：过往行人一律不准夜宿古堡。古堡变得更加阴森恐怖了，几乎成了无人敢涉足的禁地。

这天，福尔摩斯和柯小南旅游来到了B国。B国警长班杰斯对福尔摩斯的大名早有耳闻，就把他请到警局，将古堡里的故事和盘托出，并请他帮忙破获此案。福尔摩斯临危受命，马上和柯小南驱车向那座令人望而生畏的神秘古堡奔驰而去。

"幸好是在白天，起码不会有古堡幽灵出现。"柯小南这样安慰着自己，和福尔摩斯一起进入了古堡。由于年久失修，古堡里早已破落不堪，曲曲折折的道路好似迷宫，青色的墙壁上挂满蛛网，阴森森的气氛令人毛骨悚然。福尔摩斯一抬头，突然，发现古堡顶部的圆木层上有几个动物的巢穴。他仿佛明白了什么，拉着柯小南走出了古堡。

回到警局，福尔摩斯胸有成竹地对警长说："请您给我准备一个大箱子、一只猴子和一张渔网，今晚就派几个警员拿着手电筒准备抓凶手吧。"班杰斯半信半疑，只得照他的吩咐去做。

柯小南听说福尔摩斯要去冒险，不无担心地说："老大，这也太危险了吧？古堡里的幽灵……想想就害怕。""我说小南，跟了我这么久，你还不相信我的能力吗？"福尔摩斯微笑着安慰他。"我对老大当然是绝对崇拜、绝对信任啦！说正经的，这次探险我能帮你做些什么呢？这么令人惊悚的案件你总不能让我一个人在旅馆睡大觉吧？"柯小南顽皮地说。"你放心，我早就给你安排好任务了。你看到有黑影进入古堡，拿着手电筒第一个冲进去就可以了。""啊？你这不是送小羊入虎口吗？"柯小南大叫。

夜幕渐渐降临了，福尔摩斯和柯小南来到古堡外，班杰斯和几个警员紧紧跟在他们身后。福尔摩斯先给猴子注射了麻醉剂，将它放进渔网里。然后，对警长和柯小南说："你们埋伏在古堡周围，听到惨叫声千万不能冲进去。只有看到有人影进入才可尾随而入。"大家都不知道福尔摩斯葫芦里卖的什么药，但事到如今，也只能服从他的安排。

福尔摩斯提着大箱子、背着渔网只身进了古堡。古堡内伸手不见五指，死一般地寂静。福尔摩斯将箱子放在地上，张开渔网，将它放在离箱子不远处，然后钻进了木箱，手里牢牢地抓住渔网的网绳。不知过了多久，一团黑影突然从古堡顶部飞了下来，向猴子猛扑过去。只听苏醒了的猴子一声惨叫，箱子里的福尔摩斯迅速收紧渔网，将黑影全部困在网里。

守候在古堡外的柯小南听到惨叫声吓坏了，几次想冲进古堡，都被班杰斯警长强行按住了。就在柯小南焦急万分的时候，突然一个黑影鬼鬼祟祟地闯入了古堡。柯小南顿时来了精神，他第一个冲入古堡，警员们也一拥而上。一束强光照下，古堡里的场景让所有人都呆住了：渔网里装满了四处乱撞的"不明飞行物"，一个惊慌失措的年轻人，一脸错愕地望着众人。

福尔摩斯钻出箱子，大声道："快抓住他，他就是背后的元凶。"警员们不由分说，将毫无防备的凶手铐了起来。神秘古堡的"百年疑案"就这样被福尔摩斯一举破获了。

玩转脑细胞 >>

➡ 福尔摩斯发现古堡顶部的圆木上有动物的巢穴，这和本案有什么联系？

➡ 请仔细观察图片，你发现凶手的"作案工具"了吗？

真相大白 >>

原来，凶手名叫雷恩，是当地的一位农人。多年前的一天，一队游客来到了哈森沙漠，并雇用雷恩为向导。他们本想在天黑前走出沙漠，可一场突如其来的暴雨，让大家不由自主地跑进古堡避雨。雨停后，雷恩告诉大家古堡幽灵嗜血杀人的传说，让大家一起到古堡外扎帐篷宿营。可游客们实在是太累了，都不愿动弹。雷恩无奈，只好自己到古堡外面搭帐篷。午夜时分，睡梦中的雷恩突然听到几声惨叫。好不容易到了天亮，雷恩看到成群结队的红蝙蝠飞出古堡，才大着胆子走了进去。只见游客们都已命丧黄泉，雷恩吓得目瞪口呆，刚想逃走，却发现一个游客手上的钻石戒指在闪闪发光。他一下有了主意，将游客一一搜身，果然获得了不少财宝。从此，他就以此为生，找各种理由骗游客夜宿古堡，白天再将遇害游客身上的钱财盗窃一空。

ONE MINUTE
DETECTION

名侦探笔记

→ "死亡之神" 红蝙蝠

红蝙蝠是蝙蝠中的吸血蝠，本案的"凶手"之一。

1 名副其实的以血为食的哺乳动物，体型不大，长着像钢针一样锋利的嘴，是蝙蝠中的变异类群。

2 翅展颇大，轻巧灵活，飞行速度极快，来无踪去无影，如同一团黑影，让人捉摸不透。

3 通常生活在大树洞内，昼伏夜出，深夜出来觅食，天亮前返回洞穴。

4 喜吸人和动物的鲜血，习惯于先用钢针一样的嘴巴刺破动物的皮肤，然后吮吸鲜血。

→ 通关大秘诀

运用科学知识更深入地了解犯罪 ★★★

找到犯罪工具是本案的关键。死者尸体上找不到伤口，再联系B国所处的地理位置，知识渊博的福尔摩斯。凭着对B国自然环境、风土人情的了解，立刻想到了凶手很可能是利用红蝙蝠作案的。

冒险精神 ★★★

侦探面对的是种种艰难困苦的任务，在困难面前若没有一种永远向前、永不言败的精神是很难有所作为的。在具体工作中，各种线索、可能散布在社会的各个角落，若没有一种强烈、主动地收集与把握意识，静等是怎么也不可能有收获的！

➡ 玩转脑细胞线索

有猫腻——特捷克的几门贿赂

黑色败血症

○ 叔叔离奇死亡，侄儿义愤填膺，是否贼喊捉贼？
○ 大侦探竟患上黑色败血症，凶手难道永远逍遥法外？

最近，柯小南忙着准备市里举办的小学生辩论赛，无暇顾及侦探所的事情，就向福尔摩斯请了假。没有了柯小南的聒噪，福尔摩斯似乎有些无聊，他随手拿起桌上的一份报纸，懒洋洋地坐在椅子上翻看起来。

正在百无聊赖的时候，穆克警长风风火火地走了进来。"大侦探，今天我又碰上了一件棘手的案子，帮帮忙吧。"穆克警长一脸无奈地说。"什么案子？说来听听。"福尔摩斯顿时来了兴趣。"波特先生突然得怪病死了，警方怀疑是谋财害命。可凶手非常狡猾，在现场没有留下任何蛛丝马迹。"穆克警长摇着头说。"走，我们一起去波特先生家看看。"福尔摩斯拿起外套，和穆克警长一起出了门。

两人刚走进波特家的院子，就听到里面传来一阵哭声。两人循着哭声，来到波特先生的卧室，只见波特先生的侄子詹姆士博士跪在叔叔床前，早已哭成了泪人。詹姆士博士见穆克警长和福尔摩斯来了，立刻站起身来，悲伤地说："我叔叔得的是黑色败血症。你们知道，这个病我已研究了多年，却没能救我叔叔一命，我真是太惭愧了。""波特先生不是一向很健康吗？怎么突然得了这种病了？"福尔摩斯有些奇怪地问。"肯定是有人陷害！穆克警长在叔叔的手指上发现了一个针尖大小的伤口，凶手定是由此注入病菌的。这种病发病快，一旦被感染，很难控制。福尔摩斯先生，您一定要尽快查明真凶啊！"詹姆斯先生有些激动地说。福尔摩斯不再问了，在卧室里转来转去，可什么线索也没有发现。

案件陷入了僵局，福尔摩斯也无计可施了。这天，他正在寓所苦苦思索凶手的破绽，突然接到了一个包裹。他打开包裹，发现里面是一个精致的小象牙盒。福尔摩斯不敢怠慢，戴上手套，小心地打开了盒子。

没过几天，突然传出福尔摩斯生病的消息。柯小南大吃一惊，慌忙赶往福尔摩斯的公寓。一进门，柯小南吓了一跳，只见福尔摩斯嘴唇发青、脸色苍白，有气无力地躺在床上，显然病得不轻。"老大，你这是怎么了？前几天不还好好的吗？怎么一下子就……"柯小南眼泪都快要出来了，颤抖着声音说。

福尔摩斯勉强挤出一丝笑容，说道："傻孩子，怎么还哭鼻子呢？我得的是黑色败血症。这种病全城只有詹姆斯博士能治，你快去请他来。"说完，他又开始喘个不停。柯小南抹了一把眼泪，急匆匆地往门外走去，差点和刚进来的穆克警长撞个满怀。

柯小南来不及和穆克警长打招呼，一径奔到马路上，叫了一辆出租车，直奔詹姆斯的家而去。"詹姆斯博士，我们老大不幸染上了黑色败血症，请您快去救救他吧！"一进门，柯小南就气喘吁吁地说。"哦？他病得很重吧？你先回去，我收拾一下马上过去。"詹姆斯博士沉稳地说。

柯小南记挂福尔摩斯的病情，向詹姆斯博士道了谢，就匆忙赶了回来。这回福尔摩斯好像比刚才清醒了许多，他示意柯小南躲到窗帘后面。柯小南不明白福尔摩斯为什么这么做，见他艰难地冲自己打着手势，只好遵从。

不一会儿，詹姆斯博士进来了。他不动声色地看了看福尔摩斯，突然说道："福尔摩斯先生，没想到你也有今天。""你的叔叔就是得这种病死的，是你为了谋取他的财产害死他的。"福尔摩斯似乎用尽了平生气力才说完这句话。

"听起来似乎很有道理，可是这个秘密只有死人知道了。现在你也得了这个病，还来向我求医。哈哈……我送你的小象牙盒不错吧……"詹姆斯的话还没有说完，门突然打开了，穆克警长冲了进来，躲在窗帘后面的柯小南也现了身。福尔摩斯这时也从床上一跃而起，这哪像个要死的人啊！"这……"这幕好戏让詹姆斯顿时傻了眼。

玩转脑细胞 >>

➡ 案件陷入僵局时，福尔摩斯突然收到了一个小象牙盒。你觉得这个象牙盒里可能蕴含什么阴谋吗？

➡ 仔细观察象牙盒，你发现了什么秘密？由此你能联想到凶手是如何让波特先生感染上黑色败血症的吗？

真相大白 >>

警方猜得没错，这正是一起谋财害命案。原来，波特先生膝下无子，只有一个侄儿詹姆斯先生。詹姆斯本以为叔叔百年之后定会将亿万家产传给自己，便极力讨好叔叔，大献殷勤。谁知，最近波特先生成立了一个慈善基金会，准备把全部财产捐给基金会。自己的一番努力全都白费了，做了多日的美梦即将破灭，詹姆斯先生不甘心到手的财富拱手让人，决定先下手为强。于是，他假意送给叔叔一个钻石戒指，等叔叔打开戒指盒后，暗藏在钻石里的毒针刺破了叔叔的手指，叔叔便患上了令人恐惧的黑色败血症。

ONE MINUTE
DETECTION

名侦探笔记

➤ 败血症及其特点

败血症是由致病菌侵入血液循环引起的全身性严重感染症状。黑色败血症很难治愈。

1. 细菌侵入血液循环的途径一般有两个，一是通过皮肤或黏膜上的创口；二是通过疖子、脓肿、扁桃体炎、中耳炎等化脓性病灶侵入。

2. 致病菌进入血液以后，迅速生长繁殖，并产生大量毒素，引起许多中毒症状。

3. 大多起病急骤，先有畏寒或寒战，继之高热，精神萎靡或烦躁不安，严重者可出现面色苍白或青灰，神志不清。

➤ 学会分析死因

找到被害者的死亡原因，是破解案件的关键一步。

1. 中毒：死者嘴唇往往会泛起微紫或黑色，眼睛有时会瞪着，两拳紧握。

2. 电死：死者的手指为灰白色，发梢会有些微烧焦，身体肌肉极度僵硬。

3. 溺死：死者口中稍带水渍，瞳孔放大，眼黏膜上有出血现象，耳膜也会因水压而造成破裂引起出血。

➤ 通关大秘诀

将计就计，诱使罪犯自投罗网 ★★★

带毒针的象牙盒是本案的关键。在罪犯沉不住气，准备主动出击时，聪明的侦探要善于利用凶手的弱点，找到案件的突破口，将计就计，打他个措手不及。

➤ **玩转脑细胞线索**

海盗藏宝图的重要线索

画室里的凶光

◎ 画家离奇死亡，画室凶光再现，是谁点燃了雪茄烟？

◎ 神探抽丝剥茧，神秘凶手浮出水面。

已是黄昏时分了，福尔摩斯叼着烟斗，一脸凝重地在警察局外的林荫道上踱着步。在他身后是满脸急躁的柯小南。两个大侦探这副表情，明眼人一看就知道今天肯定出大事了。

没错，就在刚刚，也就是今天下午两点钟左右，福尔摩斯接到报案，说米勒先生死在了自己的画室里。福尔摩斯带着柯小南赶到案发现场的时候，警察已经封锁了画家的画室。

在场的警察告诉福尔摩斯，死者是因胸部中刀，流血过多而死的。柯小南急切地问："死者是什么时候遇害的啊？"那名警察推开了画室的门，告诉柯小南："看样子，应该遇害不久。"

福尔摩斯和柯小南走进画室，环视了一圈，房间不太大，但是摆设挺考究，靠窗的书桌上有一支没有抽完的雪茄，还飘散着一股清香。柯小南看着那支雪茄烟，若有所思地说："凭我敏锐的侦探直觉，死者遇害之前正在抽这支雪茄；而从这支雪茄的燃烧程度来看，死者遇害也就是十几分钟前的事情。"然后，他看

ONE MINUTE
DETECTION

了一下表，作出了最终判断："那么，凶手是在下午一点四十五分左右杀死画家的。"穆克警长一听，顿时对柯小南刮目相看了："行啊，小南，推理得不错啊。我这就去排查，看看这个时间都有什么人来找过米勒。"

福尔摩斯却并没有表现出和穆克警长一样的兴奋，他还在画室里转来转去。突然，书桌上烟灰缸里的一个阳光小点进入了他的视线，他不禁抬头看了看窗台。

"凶手可真是个狡猾的家伙。"福尔摩斯忍不住轻轻嘀咕了一声。然后，他转身对柯小南说："小南，你刚才的判断有误。快去通知穆克警长，叫他先不要行动，以免打草惊蛇。等法医的验尸报告出来了再行动。"自信满满的柯小南以为自己的耳朵出了问题："什么？老大，我没听错吧？你这是在挑战我敏锐的……""行了，我的小侦探，打住吧。你敏锐的侦探直觉往往被凶手设下的陷阱所迷惑。"福尔摩斯拍了一下柯小南的小脑袋瓜，打断了他的话。柯小南不好意思地吐了下舌头，快步追上了穆克警长。

现在，穆克警长、柯小南和福尔摩斯都在等法医的验尸报告。就在柯小南等得不耐烦的时候，一个警员气喘吁吁地跑了过来："警长，验尸报告已经出来了，死者的死亡时间大概在中午十二点左右。"福尔摩斯轻轻呼了口气，道："这就对了。"他跟警员道了声"辛苦"后，就拉着柯小南敲响了米勒邻居家的门。

"您好，我是福尔摩斯。请问今天中午十二点半左右，您有没有注意到有什么人从米勒先生家出来？"

"哦，米勒先生的学生迪南是他家的常客啦，几乎每天中午都会来他家吃饭，十二点半左右离开。今天中午也是这个点离开的。别人好像没见到。"

福尔摩斯谢过邻居，和柯小南一起直奔迪南的住处而去。"我是福尔摩斯，可以和你谈几分钟吗？"见到迪南，福尔摩斯单刀直入。"当然可以，您想知道什么呢？""关于您的老师米勒先生的事情。他今天中午被人谋杀了。"迪南惊讶地张大了嘴巴："这怎么可能呢？今天中午我还和他一起吃过饭呢。""我要说的正是这件事，是你杀死了你的老师。""怎么可能呢？福尔摩斯先生，我想您一定是搞错了。从老师家出来，我就和查理一起扬帆出港了，现在刚回来。这一点，查理先生可以作证。""小伙子，我不得不承认，你是一个智商很高的作案高手。"福尔摩斯冷笑着，旋即用洞察一切的目光冷峻地逼视着迪南，"只可惜，你的智商用错了地方，跟我到警察局走一趟吧。"

玩转脑细胞 >>

➡ 烟灰缸里的阳光小点是怎么来的？看看窗边的书桌，你找到答案了吗？

➡ 柯小南的判断错在了哪里？凶手是如何制造出死者死于十几分钟前的假象的？

真相大白 >>

　　一开始，迪南坚决不承认自己杀害了米勒，声称自己有不在现场的证人，没有作案时间。在福尔摩斯讲出了自己的判断依据后，他终于心服口服，交代了一切。原来，迪南家境不好，父亲又好赌成性。迪南屡次劝说父亲戒掉赌瘾，父亲表面点头答应，却总也管不住自己的手。上个月，父亲喝醉酒后又进了赌馆。一场豪赌后，竟欠下了数十万元的赌债。父亲被债主追得紧，只好来向迪南求救。没办法，迪南谎称自己想举办画展，向老师米勒先生借了这笔钱，替父亲还上了赌债。老师知道事情的真相后，大为恼火，不但狠狠地训斥了迪南一番，还让他必须在一个月之内还清这笔钱，否则就将迪南逐出师门，让他在A城书画界无颜立足。迪南实在无法筹措到这笔钱，眼看老师规定的还款日期越来越近了，便起了杀念，害死了老师。

名侦探笔记

→ 凸透镜与望远镜

凸透镜 中间厚、边缘薄的透镜，具有聚光作用。

1 凸透镜之所以能聚光，主要是因为光线会发生折射。平行光线（如阳光）射入凸透镜，光在透镜的两面经过两次折射后，集中于一点，也就是聚光。

2 当聚光点长期聚在某一可燃物上时，就可能会引起燃烧。

望远镜 利用凸透镜制成的观测天体的天文仪器。本案中，凶手伪造死亡时间的工具。

1 我们之所以能用天文望远镜看到很远的地方，主要是镜片的功劳。天文望远镜的两块镜片都是凸透镜，两边薄、中间厚，这样就能起到放大事物的作用，同时具有聚光作用。

2 当你在一头用望远镜观察物体时，你所看到的东西就是被放大镜放大以后的事物。因此，你能看到很远的事物，而且感觉不模糊。

→ 通关大秘诀

正确的死亡时间是破案的关键 ★★★

对于一件谋杀案来说，正确的死亡时间是破案的关键。如果死亡时间没推断准确，就很难快速地找到凶手。可是狡猾的凶手往往会制造一些陷阱来迷惑侦探。这时，就需要小侦探们具有敏锐的洞察力、丰富的科学知识，来揭穿凶手的鬼把戏。

➡ **玩转脑细胞线索**

会说话的罪证

破解的密码门，焚毁的重要材料，国家商业机密被严重泄露！

一个不经意的发现，破案就在一念之间……

周一总是A市最繁忙的时候，福尔摩斯和柯小南正驾着车准备前往侦探所。这条路上挤满了各种大大小小的车，交通堵得一塌糊涂。

"难道是前面发生了什么事情？"柯小南向前探了探身子，不高兴地说，可不是嘛！这都过去一个多小时了，他们的车子仍旧停在原地。

"别着急……"福尔摩斯话音刚落，手机就响了。

"你好！请问是福尔摩斯吗？我是穆克警长，你现在能来C大厦吗？我们这边出大事了。"

"好的，我们这就过来。"

福尔摩斯和柯小南把车停在了路边，赶紧向C大厦奔去。

这个大厦门口站满了警卫，难怪刚刚的路况一直不好，福尔摩斯见状，隐约感觉到发生了非常严重的事情，于是加快了脚步。

"你总算来了。"穆克警长从门口出来迎接，"这儿发生了一起严重的盗窃案，快进来，我和你们细说。"

"出什么事了？"柯小南问。

"确实是一场灾难啊！你们知道这间大厦是国家数据库的办公基地吧？这儿的商业机密被盗了！"

"什么时候的事情？"

"根据昨天晚上最后一个离开办公室的员工的口供，他是确认了所有的门窗都关好后才离开的。据推断，那个商业间谍先破解了大门的禁码，然后打开了密封门，接着进入到资料库。最可怕的是，他不仅放火烧毁了所有没有入库的资料，还偷走了1996年到2009年的重要商业数据！之后，他又重新锁好了密封门，然后逃走了。你是知道的，这些数据事关重大，要是泄露出去了，极有可能给我们的国家造成重大损失！"

"密封门里的其他资料还在吗？"

"还在，火警刚刚到达现场，现在正在抢救那些资料。"

"你别着急，我们赶紧去现场看看吧，说不定这个小偷不小心留下了什么重要线索。"福尔摩斯冷静地说。

案发现场一片混乱，目之所及之处全都飘着灰黑色的纸屑——那是被烧毁的数据资料。

一向紧锁的密封门此刻正敞开着，房间里放满了各种大大小小的盒子，这些盒子里都装着非常机密的数据文件，许多火警正在进进出出地抢救这些资料。

在密封门的入口处，摆放着一张乱糟糟的桌子，上面还放着一个啃了一半的苹果，在青翠欲滴的苹果肉上，还带着一些水分。

福尔摩斯盯着苹果看了一会儿，然后低下头想了想，突然他转过身大声对穆克警长说："请赶快封锁这儿的每一个出口，任何人都不许出去，另外，请将所有抢救资料的火警都召集起来，不许他们离开，让警员在大厦中寻找一个穿火警制服的人！一定要快！"

"老大，怎么了？"柯小南不解地问。

"小偷应该刚走不久，可能还没有离开这间大厦。"

顷刻间，警笛声响彻了整间大厦。穆克警长命令所有警员在各个角落全力搜索福尔摩斯所说的那个人。

很快,他们就在大厦的一个杂物房里找到了一个可疑之人,他穿着火警的制服,身旁还放着一个纸盒子,里面装的正是遗失的那部分数据资料。

这时,柯小南终于弄明白是怎么回事了。

玩转脑细胞 >>

➡ 仔细看看图中的那个苹果,你能发现什么奇怪的地方吗?

➡ 想想看,小偷真的打开了密封门吗?

➡ 福尔摩斯为什么要找一个穿着火警制服的人呢?

真相大白 >>

穆克警长在审讯的时候,那个人仍不停地叫嚷自己只是在杂物间整理物品,却被莫名其妙地抓了过来,而对于那些数据材料,他也说自己完全不知情,是有人栽赃陷害他的。

当福尔摩斯拿着他所收集到的证据来到那个人的身边时,他一下子惊呆了,半天说不出话来。过了很久,他才慢慢低下头,完完整整地交代了自己的作案过程。

原来,小偷在进入大厦后,只是破解了大门的禁码,对于那道密封门,他却发现自己根本没有办法破解。于是,他便在大厦里留宿了一夜,等到第二天的时候,他悄悄地在办公室里放了一场火,然后换上了火警的制服。等到火警们开始慌忙抢救数据资料的时候,他就混进密封门里,顺手牵羊偷走了资料。当福尔摩斯下令封锁大厦时,他还没来得及逃出大厦,便只能躲进杂物房。

这个聪明的小偷虽然很巧妙地偷取了数据资料,却想不到一个小小的疏忽却暴露了他的行踪!

ONE MINUTE
DETECTION

名侦探笔记

→ 苹果的氧化与保存

苹果的氧化 切开后的苹果与空气中的氧会发生化学反应，这种现象是苹果的氧化现象。

1 由于苹果中含有大量的铁元素和酚类物质，当苹果被切开时，铁就和氧发生了化学反应，出现氧化现象。因此，切开后的苹果如果长时间暴露在空气中，果肉的颜色就会变成铁锈一般。

2 和苹果一样会发生变色现象的食物还有梨、土豆、茄子等。

苹果的保存 氧化会使苹果的营养成分大量流失，因此要注意保存。

防止苹果变色的常用方法有：将切开后的苹果浸泡在冷开水、淡盐水或是糖水中，让它与空气隔离。但为了保存苹果的营养价值，不宜长时间浸泡苹果。

→ 通关大秘诀

生活常识的重要性 ★★★

福尔摩斯发现苹果的果肉仍旧保持青翠，他依据这点立即下达了封锁大厦出口的命令，继而成功地逮捕了小偷。由此可见，丰富的生活常识也能帮助我们破解谜案哦！

冷静的头脑 ★★★

福尔摩斯在面对重大案件时，仍能保持冷静的头脑，这是作为一名侦探所必备的素质。

➡ 玩转脑细胞线索

是西红柿酱

箭从背后射来

○ 看不见的凶手，藏在背后的利箭，令案情扑朔迷离。

○ 陷阱无处不在，银币暗藏玄机。

每天清晨，福尔摩斯都会到公寓旁边的公园晨练。开始一天忙碌的工作之前，到这里来呼吸一下新鲜空气，让紧绷的神经稍事休息，对福尔摩斯来说是必不可少的功课。今天，福尔摩斯身边多了一个小跟班——不用说大家也知道，当然是我们的小侦探柯小南了。现在，学校里放暑假了，柯小南就像影子一样，整天跟着福尔摩斯，时刻不离左右。

此时，福尔摩斯和柯小南正在打羽毛球。忽然，公园外安静的小街上一阵骚乱，喜欢凑热闹的柯小南慌忙拿着球拍跑出来一探究竟。只见穆克警长正带着一队警员往比尔顿大学的方向跑呢。"穆克警长，发生什么事了，跑得这么急？"柯小南高声叫住穆克警长问道。"哦，刚刚接到报案，比尔顿大学女生宿舍发生了一起案子，一位名叫安妮的女生被人用箭从背后射中。快叫上福尔摩斯，和我一起去看看吧。"

比尔顿大学已经放暑假了，大多数学生都回家了。校园里只留下少数学生，他们家境大多不富裕，要在假期里打些零工，赚些学费。没有了往日的喧闹，校园里安静极了。

福尔摩斯和柯小南赶到现场的时候，早有警察在现场勘查了。只见那个被害学生安妮倒在学生宿舍的正门外，趴在地上，背部垂直射进一支箭。凶手的力气很大，箭法精准，那箭直穿心脏，安妮已经断了气。从她头朝门、脚朝大道的姿势看，显然是她从外面回来准备开门的时候被害的。

福尔摩斯戴上手套，仔细地在死者周围寻找着可疑线索，柯小南也在向现场的警察询问着什么。突然，福尔摩斯眼前一亮，死者的身下似乎压着什么东西。他叫来柯小南："小南，你看这是什么？"柯小南戴上手套，从死者身下拿出一个亮闪闪的东西，说："老大，凭我敏锐的侦探直觉，这是一件重要的物证。"福尔摩斯笑了笑，从他手中把"物证"抢了过来，装进了自己的口袋里。

据宿舍管理员说，女生宿舍里昨晚只有安妮和艾丽莎两个学生住。她们都是学校的射箭运动员，听说下个月她们要参加市里的射箭比赛，所以留下来加紧练习。"艾丽莎住在哪个房间？"福尔摩斯问宿舍管理员。"就住在这栋楼的三楼，正对着宿舍楼的大门。不过，今天我一直没有看到她下来过。"

福尔摩斯径直来到艾丽莎的房间，敲了敲门。艾丽莎还在睡觉，她让福尔摩斯稍等片刻，匆匆起床后，给他开了门。

"侦探先生，这么一大早，您找我有什么事啊？"艾丽莎倚在窗边，打了个哈欠，懒洋洋地说。"你的同学安妮被害了，需要你协助调查。"福尔摩斯冷冷地说。"什么？安妮被害了？可是这跟我有什么关系啊？"艾丽莎惊讶地问。"这还用说吗？我们老大怀疑你是凶手呗。"柯小南在一边插嘴道。"等等，神探先生，我想这中间肯定有误会。您看，要不是您来了，我还在睡大觉呢。怎么会参与这件事呢？"艾丽莎往窗外看了一眼，接着说："况且，您站在这里看一下，从我这个方向，只能看到安妮的头顶，而她是从背后中箭的。"

福尔摩斯走到窗前望了望，果然只能看见迎面走过来的人的头顶。福尔摩斯不慌不忙地从口袋里掏出了那个"物证"，对艾丽莎说："这个是你的吧？是我在犯罪现场发现的。""这上面又没有写我的名字，你可不能凭空诬赖好人。"艾丽莎狡辩着。福尔摩斯微微一笑："你说的也许有道理，可是你能保证这上面没有你的指纹吗？"艾丽莎眼中闪过一丝慌乱："这也许是我昨晚回来时，不小心掉在那里的。""不，这是你存心为安妮设下的陷阱。"福尔摩斯肯定地说。

玩转脑细胞 >>

➡ 仔细观察一下尸体周围，你发现了什么？这和本案的侦破有何关联？

➡ 福尔摩斯所说的艾丽莎设下的"陷阱"究竟指的是什么？

真相大白 >>

福尔摩斯一下子就揭穿了艾丽莎苦心设计的鬼把戏，艾丽莎只好老老实实地招供了。原来，艾丽莎和安妮本是无话不谈的好姐妹，她们性格、爱好相同，一起逛街、一起吃饭、一起上课，形影不离。可就在前不久，安妮向艾丽莎说出了自己的心事。艾丽莎这才知道，安妮恋爱了，她喜欢上了全校女生心目中的白马王子——威廉，而威廉对她也情有独钟。艾丽莎听到这个消息顿时呆住了。原来，威廉一直是艾丽莎的暗恋对象。自入学开始，她就喜欢上了威廉，一直苦苦追求他。最近，她明显地感觉到威廉似乎在处处躲避自己，可她万万没想到横刀夺爱的竟是自己朝夕相处的好友。艾丽莎有些愤怒了，她觉得安妮毁掉了自己对爱情的憧憬，甚至毁掉了自己的人生。现在，唯一能让自己快乐的方法就是除掉安妮。于是，黎明前，她射出了罪恶的一箭。

ONE MINUTE
DETECTION

名侦探笔记

→ 箭及其威力

箭是一种借助于弓、弩，靠机械力发射的具有锋刃的远射兵器，具有很大的杀伤力。

1. 箭由箭头、箭杆、箭羽三部分组成。箭的飞行速度和准确性与箭羽的关系密切。箭羽太多，飞行速度慢；太少，稳定性差。

2. 弓箭的速度虽比子弹慢，但质量大，总的动能仍然很大，且箭头是锐利金属，穿透力较大。

3. 弓箭的有效杀伤距离约150米，不亚于冲锋枪。

→ 通关大秘诀

洞察力，透过现象看到问题的本质 ★★★

在实际工作中，侦探面对的是一个复杂的世界，搜集到的信息也是纷繁芜杂、真假相间。洞察力就是一种能使侦探在这纷繁芜杂、真假相间的表象中，迅速抓住问题要害的一种特殊的"眼力"！有了它，就可以化繁为简，找到关键性问题及根源之所在。本案中，看到了银币，福尔摩斯就敏锐地察觉到这可能是凶手故意设下的陷阱。如果你想不到这一点，那你也只能和那些普通民众一样，永远只能做一个看热闹的过客哦。记住，真相永远留给那些具有敏锐的洞察力、爱动脑筋的人。

➡ **玩转脑细胞线索**

金十字架的诅咒

◎ 金十字架得主意外殒命，莫非诅咒是真？

◎ 精心布局，完美策划，凶手果真逍遥法外？

上午的咖啡馆，乐声轻柔，悠闲惬意。福尔摩斯和柯小南坐在沙发上，一边品尝着新煮的咖啡，一边浏览着今天的早报。

突然，一条新闻吸引了福尔摩斯的注意："被诅咒的金十字架终得归属！前天A市珠宝行的拍卖会上，之前已经几易其手，有着离奇传说的金十字架最终被天达贸易公司的财务人员罗杰德先生以低价购得。这个十字架是一位神父的遗物，神父死前曾预言，凡是拥有它的人，如若心术不正都会死于非命。这次，罗杰德先生能以这样低廉的价格拥有它，想必他对自己的人品一定颇有信心。这个十字架对他来说到底是福还是祸呢？我们不得而知……"

福尔摩斯把报纸递给柯小南，指着这篇文章说："这可真是一条有趣的新闻。"正在两人闲聊的时候，福尔摩斯的手机响了起来，里面传来穆克警长沙哑的声音："福尔摩斯先生，今天早上天达贸易公司的罗杰德先生因煤气中毒身亡，请你们尽快到远洋公寓来一下。"

放下电话，两人都是一惊，难道是刚刚报纸上说的那个人吗？这个诅咒难道是真的吗？当他们带着疑惑赶到远洋公寓的时候，穆克警长和几个警员早就等候在那里了。

公寓管理员汉克向福尔摩斯介绍了事情的经过："我早上打扫楼道时经过罗杰德家的门口，闻到了刺鼻的煤气味。我连忙敲门，可是无论敲得多么响，里面连一点动静都没有。我赶紧报了警，没想到不幸已经发生了。"

柯小南好奇地问道："这个罗杰德先生是不是刚刚买到一个金十字架？"

汉克难过地说："是啊，前天他没花多少钱就买到了一个贵重的金十字架，他逢人便说，很是得意。可是那个十字架受到了诅咒，我猜就是它夺走了罗杰德的性命。罗杰德是个很和善的人，可惜啊，可惜……"

"昨天你最后见到他是在什么时候？他和谁在一起？"柯小南继续问。

汉克回忆着说："昨天晚上11点左右，他们公司的经理琼斯先生来拜访他。琼斯先生走的时候，罗杰德还把他送到了公寓门口，之后他就独自一人回房间了，再也没有出来。"

随后，福尔摩斯和柯小南来到案发现场，只见房屋四周封闭得严严实实，门窗也没有被撬动过的痕迹。罗杰德躺在床上，好像睡着了一样。死者是在凌晨零点到一点之间死去的，他的身上没有任何外伤的痕迹，室内也没有打斗过的痕迹。

在检查煤气管道的时候，福尔摩斯发现塑胶煤气管上有一个小口子，从形状上看，好像是用刀割破的。这个线索令两个侦探陷入了沉思，如果是自杀，死者为什么要割破管道呢？如果不是自杀，凶手又是如何进来的呢？

柯小南忽然想到了十字架的诅咒。难道那个十字架真有蹊跷吗？找过了几个房间，柯小南终于在书房的书架上发现了十字架。"看来凶手不是为它来的。"福尔摩斯在一旁说道。

两人再次走进厨房的时候，忽然发现墙角的箱子后面露出一点毛茸茸的东

ONE MINUTE
DETECTION

西。柯小南连忙走过去，把那个东西拉了出来，原来是一只胖乎乎的死猫。这应该是罗杰德的宠物吧，这个可怜的家伙也被煤气熏死了。

福尔摩斯和柯小南看着管道上的裂口和那只倒霉的胖猫，开始琢磨这究竟是怎么回事。突然，福尔摩斯恍然大悟，他马上叫来穆克警长："快去逮捕贸易公司的琼斯经理，他就是杀人凶手。"福尔摩斯为什么认定琼斯是凶手呢？

玩转脑细胞 >>

➡ 观察一下猫尾巴，你有什么发现？

➡ 塑胶煤气管上的口子是琼斯割的吗？

➡ 为什么琼斯在罗杰德家里时，煤气没有泄漏？

真相大白 >>

琼斯创办的天达贸易公司常年做着地下走私生意，但是最近合伙人落网，他也面临着被起诉的命运。一想到自己即将住进冰冷的牢房，过着失去自由的生活，琼斯的心里便痛苦万分。为了隐瞒事实，他决定不惜一切代价毁灭走私证据。公司的财务总监罗杰德知道公司的一切财务往来，因此琼斯第一个想杀掉的人就是罗杰德。而巧合的是，罗杰德刚刚买下一个金十字架，正好这个被诅咒的十字架的传说可以被利用。琼斯知道罗杰德养猫，便事先准备好麻醉剂、棉花和一把刀。晚饭后，他来到罗杰德家，借口自己喜欢喝罗杰德家没有的某品牌的啤酒，让罗杰德去买。支走罗杰德以后，他便在煤气管道上做了手脚，由此造成了罗杰德意外死亡的假象。琼斯在家里正暗自高兴，以为自己的计谋天衣无缝，没想到却被福尔摩斯通过猫尾巴上的棉花团看出了破绽。

名侦探笔记

➡ 一氧化碳的性质及中毒症状

一氧化碳的性质　在本案中，琼斯利用一氧化碳能置人于死地的性质害死了罗杰德。那么，一氧化碳还有哪些性质呢？

1 一氧化碳在水中的溶解度非常低，但易溶于氨水。

2 一氧化碳具有可燃性，燃烧时发出蓝色的火焰，释放出大量的热。

一氧化碳中毒症状　一氧化碳进入人体之后，会出现以下中毒症状：

1 轻度中毒：患者可出现头痛、头晕、失眠、视物模糊、耳鸣、恶心、呕吐、全身乏力、心动过速、短暂昏厥等症状。

2 中度中毒：除上述症状加重外，口唇、指甲、皮肤黏膜会呈现樱桃红色，多汗，心律失常。症状继续加重，会导致嗜睡、昏迷。

3 重度中毒：患者迅速进入昏迷状态，血压下降，瞳孔散大，最后因呼吸麻痹而死亡。

➡ 通关大秘诀

妙用倒推法 ★★★

侦破案件时，如果采用倒推的方法，可以节省不少力气。比如本案中，可以猜到猫尾巴上的棉花团能堵住煤气管道上的切口。凶手想让自己离开后煤气再泄漏出来，就先给猫注射了麻醉剂，用猫尾巴上的棉花团堵住煤气管。等到深夜麻醉剂失效的时候，猫起身离开，煤气就开始泄漏，这样就制造了凶手不在犯罪现场的假象。

➡ 玩转脑细胞线索

猫尾巴的棉花团

惊狂第六感复仇

◯ 睡梦中狞笑的脸，光天化日之下的"鬼魂"，复仇者在行动。

◯ 神秘的敲诈信，鞋子上的泥迹，阴谋将如何被揭露？

米歇尔教授是A城有名的外科医生，医术高明，为人厚道，在当地很有名气。米歇尔教授的妻子去世得早，只有一个宝贝女儿劳拉陪伴在教授身边。因此，教授对这个女儿格外疼爱，一有机会就带着她到外地旅游。

这天，米歇尔教授带着女儿来到著名的旅游城市Y城，顺便参加在这里举行的一次医学研讨会。

吃过早饭，米歇尔教授带着劳拉来到大街上漫步。明媚的阳光，旖旎的风光，令劳拉沉醉不已，不时发出阵阵欢快的笑声。或许是受到女儿的感染，教授的心情也非常好。

米歇尔教授不经意间一回头，忽然在人群中看到了一张熟悉的脸。这是一张消瘦而苍白的脸！二十几年来，米歇尔教授在睡梦中无数次梦到这张脸，每次，这张脸都狞笑着要扑上来撕咬他。教授每次从这种噩梦中惊醒，都吓得面如土色，汗流不止。

今天，米歇尔教授居然在大白天看到了这张脸。他惊呆了，停下来揉了揉酸胀的双眼，想仔细看个究竟。可人群中的这张脸已经消失得无影无踪，再也找不到了。女儿劳拉看到父亲的举动有些奇怪，忙拉着父亲的手问道："爸爸，你在看什么？""没，没什么。"米歇尔教授回过神来，强作镇定地说。他希望刚才的一切都只是幻觉。

米歇尔教授没有心情再游玩了，就拉着劳拉回旅馆休息。刚到旅馆门口，他无意中往旁边一瞥，竟然又看见了那张脸。米歇尔教授心里一颤，拉着女儿快步回到房间。

米歇尔教授的心情再也不能够平静了，他想起二十几年前的一幕。当时，他是Y城最著名的市立医院的外科医生。这天，医院来了一位年轻的病人马克，需要做心脏外科手术。马克开朗而乐观，给刚刚升任主任医师、首次做这么重大的手术的米歇尔增加了不少信心。手术开始了，一切都非常顺利。时间在一分一秒地过去，马上就可以缝合了，可偏偏在这时，停电了。手术室里一片漆黑，人们茫然不知所措。一切仪器都失灵了，米歇尔顿时傻眼了。他过于自信了，以至于术前一切必要的应急措施都没有准备。

等到再次来电时，马克却因失血过多，永远地离开了这个世界。米歇尔还记得马克的妻子和不到十岁的儿子麦修得知这个噩耗时，哭昏过去的情景。事后，米歇尔一直以此为耻，后悔自己的轻率无知，让一个本不该逝去的生命过早地离开。他老是做噩梦，在梦里，马克愤怒地要杀掉他。

难道是马克的鬼魂来找自己复仇了？米歇尔教授陷入了极度的不安之中。他匆匆结束了这次行程，回到A城，就把此事的来龙去脉全部告诉了好友杰克逊，并拜托他帮自己查清此事。

两天以后，杰克逊一脸凝重地找到米歇尔教授，说："我已经打听清楚了，你看到的那个'鬼魂'其实是马克的儿子麦修。他一直对父亲的死耿耿于怀，这次是专门来报仇的。"米歇尔教授又惊又怕，面无血色，过了半晌才说："你说我现在该怎么办？"杰克逊沉吟片刻，说："现在也只能加强防备，静观其变了。我知道你不愿将此事声张出去，那就让我来当你的警卫吧。"米歇尔教授感激地拉着杰克逊的手说不出话来。

两天过去了，一切都风平浪静。米歇尔教授有些沉不住气了，他整天想着这事，茶饭不思，一下子苍老了许多。第三天，米歇尔正在和女儿吃早餐，忽然接到一封信。米歇尔打开信，只见上面写着："要想活命，速准备二十万元，邮寄到香格里拉路二号。以此偿还二十二年前的债。"米歇尔教授脸色煞白，要来的终于来了。不过，他还是从银行取出了二十万元，按照信上的地址寄了过去。他这么做是为了偿还自己的心债。

钱虽然寄走了，可是，米歇尔的心结始终没能解开。他再也无法忍受心中这种深深的负罪感了，便拜托杰克逊想办法将麦修找来，彻底了却当年的恩怨。

这天上午，杰克逊兴冲冲地来见米歇尔教授，告诉他麦修找到了，并且他已经答应今晚九点来米歇尔教授家见面。米歇尔教授既害怕又有些兴奋，一整天都坐立不安。

八点五十六分，麦修来到了米歇尔教授的家门口，仆人热情地接待了他。这时，杰克逊也匆匆忙忙地赶来了，他见到麦修寒暄了两句，就领着麦修往客厅走。刚进客厅，他们发现米歇尔教授趴在地上，后背中了两弹，已经断气了。杰克逊指着麦修大声说："是你杀了米歇尔教授。"仆人慌忙去报警。

不一会儿，警长、福尔摩斯和柯小南都赶来了。法医鉴定米歇尔教授的尸体，认为他死于四十分钟前，也就是八点半前。

麦修大喊冤枉，说自己不是杀害米歇尔教授的凶手。杰克逊将米歇尔教授的经历和教授被敲诈的事情讲给福尔摩斯听，并要求他立刻将麦修捉拿归案。福尔摩斯听完，心中有些疑问，麦修看样子不像奸诈之徒啊，他怎么会有心计敲诈钱财呢？如果麦修是凶手的话，现在，他不应该站在这里，而应该立刻逃跑才是啊。

福尔摩斯仔细地查看了现场，发现米歇尔教授身上的子弹是从后面射进来的，教授前面的钟表上也有一颗子弹，看来凶手是从客厅的后窗向内开枪的。福尔摩斯走到窗外，发现外面是一片草坪，刚浇过水，湿漉漉的，草坪上有一个明显的脚印。

福尔摩斯不动声色地又回到客厅里，看了看麦修和杰克逊的鞋子。他心中明白了。福尔摩斯走到杰克逊的面前，一字一顿地说："杰克逊，为什么要杀害米歇尔教授？还不从实招来。"杰克逊没想到福尔摩斯一下子就怀疑到了自己头上，顿时脸色煞白，两腿发抖，一下子瘫坐在地上。

玩转脑细胞 >>

➡ 那封神秘的敲诈信真的是麦修写的吗？除了麦修，还有谁有可能写这封信？

➡ 福尔摩斯看到了窗外是一片湿漉漉的草坪，这与本案的侦破有何关联？

➡ 仔细观察一下杰克逊脚上的鞋子，你能发现什么破绽吗？

真相大白 >>

面对福尔摩斯的指证，杰克逊无可辩驳，只好交代了犯罪始末。原来，米歇尔教授一直以为麦修是专门来复仇的，其实，这完全是个误会。麦修天性善良，对于当年父亲的死，他并没有完全怪罪到主治医生头上，他认为那只不过是个医疗上的意外，因此从没想过要找米歇尔复仇。他遇到米歇尔纯属巧合。杰克逊查明麦修没有复仇的打算后，并没有告诉米歇尔教授，而是以麦修的名义写了一封诈骗信，借以敲诈钱财。没想到，后来米歇尔执意想见麦修以赎罪。杰克逊知道两人相见后自己的阴谋就会被揭穿，便杀死了米歇尔教授，并且嫁祸给麦修。

ONE MINUTE
DETECTION

名侦探笔记

→ 外科手术原则

外科手术要遵循无菌、无瘤、微创的原则。

1 将传播媒介上的所有微生物全部杀灭或消除，避免病人感染。

2 用各种措施防止手术操作过程中离散的癌细胞直接种植或播散。

3 在对病人正常生理的最小干扰下，以最小的创伤为病人去除疾病。

→ 伪装杀人

凶手有时会制造一些假象，嫁祸于人，以洗清自己的嫌疑。作为侦探，在处理这类案件时一定要格外留心，不放过一丝破绽。

1 伪装意外。如制造一起车祸，让被害人看上去就像是死于意外。

2 伪装自杀。如先把被害人勒死，再吊起来，造成上吊自杀的假象。

3 嫁祸杀人。如果凶手发现某人具备作案动机、不能提供不在场证明等，往往会伪造现场，嫁祸于此人。

→ 通关大秘诀

调查犯罪现场的遗留物 ★★★

要想成为一名合格的侦探，首先就要学会全面地调查犯罪现场的遗留物，不放过任何一个疑点。几根不小心遗落的毛发、一些毫不起眼的痕迹甚至几句无心的话，都有可能成为破解一个谜团的关键！本案中，正是杰克逊脚上的草叶和泥迹暴露了他的罪行。

→ 玩转脑细胞线索

脚上的草叶、泥迹

剧毒胶囊

○ 恐怖胶囊，剧毒酒心巧克力，究竟谁是杀人凶手？

○ 为争夺财产，还是另有隐情，什么才是事实真相！

这些天，舒贝特夫人得了非常严重的感冒，医治了很长一段时间都不见好，再加上她的父亲刚刚去世，一直忙于处理父亲的后事，可算是累坏了舒贝特夫人。

舒贝特夫人和父亲的感情非常好，在父亲去世之前，将所有的财产都留给了舒贝特，而弟弟杰克因为为人贪婪、自大，父亲没有给他留下一点遗产，杰克因此和舒贝特闹翻了脸，成天和她争吵不休。本来已经身心俱疲的舒贝特夫人，又为遗产的事情和弟弟伤透脑筋，这天终于累倒在了病床上。

天已经很晚了，舒贝特夫人独自一人躺在床上，万般无奈之下，只得打通了当医生的丈夫的电话，她已经和丈夫分居一年了。

"不用太担心，你患的是流行感冒，又加上太劳累了，所以才会这么严重的。好好休息，我先给你打一针，待会儿把这片药吃了，过几天就会好了！"丈夫说完，便给舒贝特打了一针，并给她留下了一片用袋子装好的感冒药，然后就离开了。

当晚，舒贝特夫人服下了丈夫留的胶囊后，就躺下睡着了，没过几分钟，舒贝特突然感到非常难受，不一会儿就死了。

第二天，舒贝特夫人的尸体被保洁员发现，她立即报了警。

穆克警长在检查舒贝特夫人的尸体时，在她的胃里发现了许多尚未消化的酒心巧克力，而巧克力当中还掺有致命的氰化钾。

很快，警察又在舒贝特夫人的家中发现了半盒没有吃完的酒心巧克力。于是，穆克警长马上派人前去调查巧克力的来源。原来，这盒巧克力正是舒贝特夫人的弟弟杰克在一周前送给她的。

虽然杰克和舒贝特因为父亲的遗产闹得几乎要上法庭了，但杰克的妻子却和舒贝特一见如故，俩人的关系非常要好，她还经常到舒贝特家看望她。

难道是杰克想杀害自己的姐姐，所以借机在妻子送去的巧克力中投放了氰化钾？

可是，当他们找来杰克的时候，杰克却拒不承认，还找来了福尔摩斯和柯小南前来调查此案。

福尔摩斯在和穆克警长见面之前，就让柯小南去调查了一下舒贝特夫人的社会关系，发现舒贝特夫人的丈夫是一个内科医生，俩人虽然分居一年了，但是一直没有办理离婚手续。

观察完案发现场后，福尔摩斯马上让穆克警长找来了当晚公寓里的监控录像。这段录像中有一个可疑的地方引起了福尔摩斯的注意：在舒贝特的丈夫离开后，又有一个头戴帽子的人出现在了走廊上，他的手中还拿着一个东西。据门卫介绍，公寓里经常有住户要求商家送货上门，这个人可能是销售人员。

看完录像后，福尔摩斯又让穆克警长找来了舒贝特的丈夫。

"我昨天给舒贝特看完病后就马上离开了！你们找我是在怀疑我杀了她吗？"丈夫有些生气地说。

"你是怎么给舒贝特夫人看病的？"福尔摩斯望着丈夫，淡淡地说道。

"由于附近的私人医生都不肯出诊，我才带着一些简单的医用工具过来为她看病。当时，我先给她打了一针，然后给了她一颗胶囊，接着我就离开了。"

"你离开后就再也没有回来过吗？"

"当然。"

"不，你在说谎，凶手就是你！"福尔摩斯非常坚定地说。

所有人都惊呆了，这究竟是怎么回事呢？

玩转脑细胞 >>

➡ 快看一下监控录像中男子手里拿的东西，想想看，那究竟是什么东西呢？

➡ 凶手作案后通常会毁灭证据，那杰克会是凶手吗？

真相大白 >>

舒贝特的丈夫听后，不由得张大了嘴巴，他惊讶地望着福尔摩斯，并拼命地为自己辩解。

福尔摩斯只是微微地一笑，然后将证据摆在了舒贝特丈夫的面前。这时，舒贝特的丈夫一下子瘫坐在地，他低下头，不得不向穆克警长交代了犯案动机和经过。

原来，他和舒贝特夫人分居后，又认识了一个新女朋友，为了能和新女友结婚，他便急着要和舒贝特离婚，可是舒贝特并不想离婚，总是以各种理由推托，迟迟不肯办理离婚手续。他很着急，很早就有了要杀害舒贝特的想法。

前段时间，当他得知舒贝特和弟弟杰克因为财产的事情闹翻了后，而舒贝特又在这个时候找他看病，他想来想去，就决定利用这个机会，将杀害舒贝特的罪名嫁祸给杰克。正当他愁于没有机会嫁祸给杰克的时候，他在舒贝特的家里发现了那盒写着杰克名字的巧克力，于是，便制造了舒贝特是吃了有毒的巧克力才死亡的假象。

VIDEO

00:31:5

ONE MINUTE
DETECTION

名侦探笔记

➡ 胶囊与氰化钾紧急施救

胶囊 人们将药放进一层外壳中，这就是我们经常服用的胶囊。

1 将药品放置在胶囊中，这样既保护了人体的肠胃，又避免了药物流失、药效减低等情况。

2 胶囊一般分为硬胶囊和软胶囊，硬胶囊由两个帽体组成，软胶囊是用膜材料加工而成的。

氰化钾紧急施救 氰化钾毒性极强，常用的施救措施有以下几种。

1 当皮肤接触时，马上使用流动的清水冲洗，然后就医。

2 当眼睛接触时，立即用清水冲洗15分钟以上。

3 当吸入时，马上逃离现场，到空气新鲜处。

4 当食入时，饮下足量的温水，催吐，然后就医。

➡ 通关大秘诀

丰富的医学知识 ★★★

在本案中，福尔摩斯通过监视器发现了使用作案工具的凶手，从而将犯罪嫌疑人锁定在舒贝特的丈夫身上。由此可见，作为一个侦探，除了必备的科普知识之外，丰富的医学知识也是很重要的。

大胆联想 ★★★

福尔摩斯并没有被案件的表象迷惑，而是大胆假设，将监视器中的发现和丈夫的工作联系起来，最终成功破案。

➡ **玩转脑细胞线索**

晶体瓶

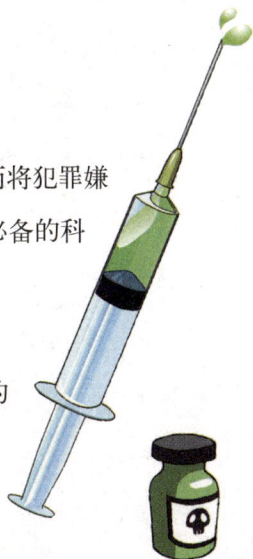

绝命荒野

⭕ 旅行途中魂断山崖，是自杀还是谋杀？

⭕ 大侦探勘验现场，巧识谎言，凶手无处遁形！

A城郊外有一片荒野，那里群山环绕，静谧苍凉。山下不远处，有个宁静的小山村。这一带平时人迹罕至，可到了春秋两季，偶尔就会有城里人来这里休闲度假，体验乡村的生活。现在正值秋季，田里的庄稼都成熟了，山村里的农民们也开始了一年中最忙碌的秋收。

一天中午，从田里干活回来的村民有说有笑地经过山脚下。村民山姆的小儿子杰瑞格外兴奋，一路上他一会儿捉蜻蜓，一会儿采野花，没有一刻安静。突然，一声惊呼惊动了所有人。大家循声望去，只见小杰瑞大哭着跑了过来，指着山脚下的一片空地边跑边喊："那儿、那儿有个死人！"

村民们大吃一惊，连忙跑过去查看。果然，在一块大石头后面，躺着一个年轻男子的尸体。他仰面倒在碎石上，身上血迹斑斑，脸色青得吓人。

村民们很少能见到这样的场面，都吓坏了，一个个不知如何是好。只有山姆还算镇定，他大声喊道："大家都别慌，这个人不像是村子里的人，咱们赶紧报警吧！"村民们这才如梦初醒，立即报了警。很快，穆克警长便带着几个警员赶了过来，同行的还有福尔摩斯和柯小南。警员们有的拍照取证，有的拉起隔离带，纷纷忙碌起来。

等警员们忙完，福尔摩斯便开始仔细地勘查现场。他来到尸体身边，发现死者大约30多岁，脸上戴着太阳镜，身穿休闲装，脚上只有一只旅游鞋，死亡时间大约是中午11点。

在检查死者上衣口袋时，福尔摩斯发现了一张折好的便签纸，原来这是一封遗书，内容大致是说自己觉得人生无趣，已经看破了红尘。落款是赫尔曼。

之后，两个侦探又来到了旁边的山顶上。在悬崖边，柯小南找到了死者的另一只鞋。"看样子，死者好像是从这里跳下去自杀的。"柯小南说。

福尔摩斯摸了摸下巴，说："现在下自杀的结论还为时过早。"

穆克警长派人去调查死者的身份，得知死者的确叫赫尔曼，出事前和朋友哈里一起来郊外游玩，住在附近的红叶酒店里。赫尔曼和哈里合办了一家公司，收益不错。

下午1点，穆克警长、福尔摩斯和柯小南赶到红叶酒店。在赫尔曼的房间里，福尔摩斯找到了他的行李，打开一看，里面的东西很少：一套换洗衣服、两瓶饮料、一袋面包，还有几本书，其中有两本书是美食菜谱。

两个人又来到哈里的房间。穆克警长出示了证件，对哈里说："赫尔曼是你的朋友吗？"

"是的，您找他有什么事吗？"

"他死了，请配合我们做一下调查。"

"天哪，上午我们还在一起吃饭聊天，他怎么突然死了？"哈里一副大惊失色的样子。

"之后你们又做了什么？"

"他说要去见一个朋友，就一个人离开了。"

ONE MINUTE
DETECTION

"当时你在什么地方？"

"我回到自己的房间，泡了一壶茶，边喝茶边看电视。"

"你是几点回到房间的？之后你一直在看电视吗？"

"10点。我看了一会儿电视，后来不知不觉睡着了。"

福尔摩斯环顾了一下房间，只见哈里的被子凌乱地铺在床上，电视里正播着肥皂剧，茶几上有一壶茶，青翠的茶叶飘在水面上，色泽非常诱人。

福尔摩斯冷笑着说："哈里，这壶茶恐怕是你新泡的吧，你还是老实交代为什么要害死赫尔曼吧。"哈里听了这番话，额头上顿时冒出了一层冷汗。福尔摩斯为什么认定他就是凶手呢？

玩转脑细胞 >>

➡ 仔细观察死者面部，你能发现什么可疑的地方？

➡ 赫尔曼随身带着美食菜谱，由此能得出什么结论？

➡ 福尔摩斯为什么认定哈里在说谎？

真相大白 >>

赫尔曼和哈里合办了一家公司，赚了不少钱。商业巨头帕尔看中了他们的公司，出高价并购。哈里想独吞这笔并购巨款，便对赫尔曼起了杀机。这次趁游玩的时候，哈里把赫尔曼打死，然后在他的口袋里装上遗书，伪造成自杀的假象。悬崖上的一只鞋，也是哈里为了掩人耳目故意留下来的线索。但是福尔摩斯看到死者的脸上架着一副太阳镜，如果是由悬崖上跳下来的话，眼镜应该会摔掉，不可能端端正正地架在鼻子上。况且，死者随身带着两本美食菜谱，说明他对人生充满热爱，这样的人不可能选择自杀。因此，福尔摩斯断定这是一起谋杀案。

名侦探笔记

→ 勘查犯罪现场

正确勘查犯罪现场，是成功破案的基础，也是每个侦探必须掌握的技能。在勘查犯罪现场时，要做到以下几点：

1. 保护好犯罪现场，除警察以外，避免闲杂人员进出。

2. 记录下对房间的观察。由于调查案发现场时，无法知道哪个发现重要，哪个不重要，因此要将发现的事全部记录下来。

3. 画出房间的草图，记录房间的尺寸，标注窗户及门的位置、家具的摆放情况、重要物品的方位。有相机的话，要多拍几张房间的照片。

4. 寻找实物证据，如毛发、纤维、可能带有指纹的物品、日记或笔记本，以及其他你认为重要的东西。

5. 将实物证据放入塑料袋里。

→ 通关大秘诀

严密的逻辑推理能力 ★★★

逻辑推理能力是通过敏锐的思考分析、快速的反应，迅速地掌握问题的核心，并在最短时间内作出合理正确的判断的一种能力。逻辑推理能力强的侦探，会根据一些细微的、毫无联系的线索，推断出整个案情过程，找到幕后真凶。本案中的福尔摩斯就是将死者戴着的太阳镜、行李中的美食菜谱、犯罪嫌疑人房间里的茶叶等线索结合起来，最终侦破了这起凶杀案。

➡ **玩转脑细胞线索**

死者腰上的关闭标签

绝命习惯

◎ 慈善家幼子遭绑架杀害，穆克警长顶上巨大压力；

◎ 疑犯突然"自杀"身亡，表象背后藏有怎样的隐情？

Y市的天空今天一直为阴云所笼罩，穆克警长的心情也格外沉重。他望了望乌云压顶的天空，用手机拨了一个号码。

"你好，警长！"手机里传来"老搭档"福尔摩斯的声音。

"一点儿也不好！"警长叹息了一声。

"莫非又遇到什么棘手的案子了？"

"唉，福尔摩斯老弟，我的老友——慈善家伯克先生的幼子被人杀害了……"

这的确是件很棘手的案子，因为受害方在A市具有极高的声誉和极大的影响力，因此案情处理不好，很有可能造成极为恶劣的影响。穆克警长刚刚又被上司狠狠地训了一通，责令他一周之内必须破案。原来，伯克先生的幼子被绑架，虽然付了大笔赎金，可人质却没有安全获救。显然罪犯一开始就没打算归还人质，恐怕早已将碍手碍脚的少年杀掉了。从这一点来看，罪犯肯定是熟悉被害人家内情者无疑。经侦查，常出入被害人家的会计事务所会计师坎纳里森被列为嫌疑

ONE MINUTE
DETECTION

对象。其会计事务所就在离伯克先生家不远的地方。这家事务所此前一直生意萧条，门庭冷落，最近却忽然火爆起来，这不能不令人觉得蹊跷。

为了尽快破案，给老友和广大市民一个交代，穆克警长不得不再次打电话请福尔摩斯相助。得到福尔摩斯的首肯后，穆克警长挂了电话，忧心忡忡地朝嫌疑犯的事务所走去。

福尔摩斯和穆克警长几乎同时到达赫雷斯·坎纳里森会计事务所。一进门，他们就看到坎纳里森正在用舌头舔着印花一张张地往文件上贴。

"百忙之中，多有打扰，实在……"穆克警长首先对坎纳里森客套了一番。

"哦，又是为那桩绑架案吧？"坎纳里森一副不太情愿的样子，将两人让至待客用的椅子上坐下。

"我的合伙人赫雷斯刚好出去了，所以我就不请两位用茶了，很抱歉。我因为身体不好，医生禁止我喝茶，只能喝水，所以无论走到哪儿总是药不离身，唉……"

他一时喋喋不休，似乎在有意隐瞒什么，但福尔摩斯和穆克警长仍装作若无其事的样子说道："不，不必客气。"

"要是有个女事务员就好了，待人接物也方便一点，可直到前一阵子经营情况很糟，一直未顾得上……"

"你是说已经摆脱困境了，那么是怎么筹到钱的呢？"福尔摩斯问道。

"嗯？不，钱是到处……"

"请你说得具体些。"

"一定要说得那么具体吗？"

这时，穆克警长突然插话道："坎纳里森先生，我们看过了你的一些基本资料，你的血型是Ａ型吧？"

"正如您所说的，也许因为我同赫雷斯都是Ａ型血，很多人都觉得不可思议，这是不是缘……"

"我们从被送到被害人家的恐吓信的邮票背面验出了你的指纹，且上面留有A型血的唾液，您有舔邮票贴东西的习惯吧？"

"咦，您连这……"坎纳里森明显有些吃惊。

"还是请回答我刚才的问题吧，你的钱是怎么筹措到的？"福尔摩斯紧追不放。

"实际上……说起来你们恐怕不会相信，是我捡的。那是绑架案发生数日后的一天，刚好是凶手要求放置赎金的椅子的一旁——唔，这我是后来才知道的。当时有一个什么人遗忘的包，里面装的是现金。"

"你告诉赫雷斯了吗？"

"没有。我想大概会有人来问的，便保存起来。但始终没见有人来问，于是……我对赫雷斯说钱是我张罗的，因为前一段时间他干得颇有成绩，所以我也不想落后……"

坎纳里森战战兢兢，以为自己会被逮捕，但穆克只是提取了他的一些唾液，准备回去验证一下是否和恐吓信邮票上唾液所含的DNA匹配，便起身告退了。

福尔摩斯回去后没多久，又接到了穆克警长的电话。一接通，穆克警长就急吼吼地直奔主题："老弟，坎纳里森服毒自杀了！"

"什么？刚才我们去找他，并没有发现他有什么不对劲啊！"

"说不准，有可能他认为案情暴露了，因而畏罪自杀！"

"确定他是凶手了？DNA检测的结果出来了吗？"

"哪有这么快啊！不说那么多了，你要有空，还是再来现场看看吧！"

福尔摩斯听到坎纳里森自杀的消息，总隐隐觉得有些不对劲，事情好像在哪儿出了差错。他一路思索着再次来到了赫雷斯·坎纳里森会计事务所。

在案发现场，抽屉里发现了盛毒药的小瓶，但没有发现遗书。一名老法医正在对尸体进行初步检验。

福尔摩斯上前问道："法医先生，尸体有什么异常吗？"

"暂时没发现什么异常！"法医看着手里的一个检测仪器，说道，"不过想不到，死者竟然是非分泌体质。"

"什么？"福尔摩斯猛然醒悟，"糟了！坎纳里森不是绑架罪犯，他是被罪犯所杀，而又被伪装成自杀的。"

玩转脑细胞 >>

➡ 凶手既然不是坎纳里森，那敲诈信上为什么会有他的指纹呢？

➡ 你觉得还有谁具有犯罪动机？

➡ 如果毒死坎纳里森的毒药就在图片中的某种物品上，请仔细找找看，说说是什么物品？

真相大白 >>

如福尔摩斯所言，穆克警长从坎纳里森那儿提取的唾液中所含的DNA和恐吓信邮票上唾液所含的DNA并不匹配，也就是说，坎纳里森很有可能遭人陷害，而凶手另有其人。福尔摩斯稍一分析就想到，坎纳里森的会计事务所的经营状况一旦好转，肯定还有一个受益者，即合伙人赫雷斯。赫雷斯具备充分的作案动机。于是，警方迅速调查取证，很快发现凶手的确为赫雷斯，而他也正是绑架案的实施者。那么，一个被医生禁止连茶都不能喝的人，赫雷斯又怎么可能骗其喝下毒药呢？据赫雷斯交代，他发现坎纳里森有舔邮票等贴东西的习惯，因而把毒药涂在了部分印花上，然后借口外出，制造了不在场证明。福尔摩斯和穆克警长之前看到坎纳里森正在舔的印花，最后有几页就被涂了毒药。因此，福尔摩斯和穆克走后，坎纳里森继续手头的工作，没想到没多久就染毒身亡。至于现场遗留的盛毒药的小瓶，那只是赫雷斯用来掩人耳目的幌子而已。

名侦探笔记

➜ 非分泌型体质

非分泌型体质的人意味着其唾液、汗液、精液等各种分泌液体中不分泌血液型物质，换言之，即无法从其唾液、汗液、精液等样本中判断其血型。了解侦查对象是否为非分泌型体质，对于侦破工作具有非常重要的参考意义。

1 对于非分泌型体质者，形成血型的物质并没有掺杂在体液中。因此，这类人除了血液以外，无法断定血型。

2 个体的分泌型与非分泌型是由遗传基因决定的。

3 非分泌型体质人群在汉族人中大约占20%。从外观上，难以对非分泌型体质人群和分泌型体质人群进行区分。

➜ 通关大秘诀

侦查不能操之过急 ★★★

侦查是一项漫长的工作，不可操之过急。一心只想着早早结案，往往会导致草率，使得侦破方向错误，遗漏重要线索，甚至造成冤案错案。

勿陷入思维定式的泥淖 ★★★

赫雷斯和坎纳里森都是A型血，但仅仅因为敲诈信的邮票上具有坎纳里森的指纹，警方便认定坎纳里森为凶手，而没有考虑到赫雷斯更具嫌疑，结果造成坎纳里森被毒杀的悲剧。

➜ 玩转脑细胞线索

咖啡

绝命追踪案中案

○ 路遇打劫，受害人瞒而不报，闪烁言辞里隐藏何种玄机？

○ 绝命追踪，布下天罗地网，作恶者何时将现原形？

这天上午十一点多钟，一辆从L市开往A市的班车正缓缓地行驶在窄窄的公路上。颠簸的路途让车上的乘客们昏昏欲睡，很多人索性把头靠在椅背上，打起盹来。

司机则全神贯注地驾驶着车子。崎岖的山路让他不敢分神。这时，从后视镜里，他看见一辆白色微型车正渐渐加快速度，打算超过班车。自班车开出L市时，这辆微型车就一直跟在后面。不知道它这时候为什么打算超车。

眼看着微型车越开越近，班车司机连忙打着方向盘，给它让路。微型车快速地从班车腾出来的空当开了过去。就在班车司机打算将车开回路中央的时候，一件意想不到的事情发生了。

微型车超过班车后，突然斜着停在公路中央。挡住了班车的去路。班车司机立马松开油门，来了个急刹车。车上的乘客由于惯性，身子纷纷向前倒去。

待班车停住后，微型车的门打开了，三名男子跳了出来。

"糟糕，遇到打劫的了！"班车司机心里咯噔一下，脸上不由得冒出了冷汗。一名歹徒掏出手枪指向司机，大叫着让他打开车门。没办法，司机只好照办。

另外两名歹徒也掏出了手枪，冲上了班车。里面的乘客早已没有了睡意，瞪大眼睛，惊恐地看着那乌漆漆的手枪，几个小孩吓得当即放声大哭起来。

这时，又一件奇怪的事情发生了。

两名歹徒上车后，径直走向了坐在后座的一名中年男子，用手枪逼迫男子跟着他们下了车。

车外的那名歹徒早准备好了绳子，一看中年男子下来就将他捆得结结实实的。随后，三人将男子推进了微型车，扬长而去。

眼前的一切是如此的突然，很多乘客都还没从惊愕中清醒过来。直到看着白色微型车从视线中消失，司机才恍然大悟，赶紧掏出手机拨打了报警电话。

鉴于本案性质恶劣，穆克警长亲自带领警员赶到了现场。听完司机的描述后，警长命令两名警员沿着歹徒逃跑的方向展开追踪。

不一会儿，追踪的警车就回来了。那名被歹徒带走的中年男子也在车上。警员吉姆说："我们沿着公路往前开了3公里，就看见受害人被绑在路边的一棵大树下，嘴巴也被封上了。所以我们就先把他带回来了。"

"请将案情经过仔细说给我们听一下吧。"穆克警长说。

男子说自己叫兰斯，今天是来A市办事情的。三名歹徒劫持自己后，没发现什么值钱的财物，就把他随身携带的一个装了一些零钱的小包抢走了，然后把他绑在了大树下，直到被警员发现。

"你没事吧？请放心，我们一定尽快抓住歹徒。"穆克警长关切地问道。

兰斯的回答出乎大家的意料："哦，我没事，既然没受到什么损失，我看这个案子不如就这样算了吧。"

竟然还有人在被劫持后，让警方不要抓罪犯。这么不合常理的事情引起了穆克警长的怀疑。

"兰斯先生。无论您是否遭受了损失，歹徒绑架了你这件事是毋庸置疑的，我们还是会全力逮捕他们。至于你，也请跟我们回警局协助调查吧。"穆克警长说。

听到这里，男子的额头忽然渗出了一些汗珠。

回到警局后，穆克警长赶紧请来了福尔摩斯。柯小南听说有这么奇怪的事情，也赶忙跑去凑热闹。

"当务之急是找到那三名歹徒，他们是整个事件的突破口。"福尔摩斯分析说。

根据坐同一班车的乘客的描述，警方绘制出了三名歹徒的肖像，然后同时向L市和A市发出了通缉令。穆克警长请交通部门协同调查，在两个市的各个路口、收费站同时设置了许多的哨卡，一旦发现那辆白色微型车，就立刻汇报给他。

"警长，我建议应该调查一下这位兰斯先生的背景，我觉得他很可疑。"柯小南说。

"小南说的对，我们有必要好好了解一下这位奇怪的兰斯先生。"福尔摩斯说。

调查结果显示，这位叫兰斯的男子没有固定职业，靠做生意为生，具体做的什么生意，无从知晓。但是生活似乎十分宽裕。

同时，在警方编织的强大追捕网下，三名逃逸的歹徒终于露出了马脚。

这天，穆克警长接到电话，有人举报，说发现警方通缉的三名歹徒藏身在市郊一间废弃的工厂里。

事不宜迟，穆克警长立即调集警力，福尔摩斯和柯小南也跟随警方一起赶了过去。抓捕过程非常顺利，三名歹徒没有丝毫反抗就举手投降了。

当三人穿着短袖，举起双手一一走了出来，福尔摩斯观察着三人，发现他们无一例外都十分瘦弱，当看到三人的胳膊时，他心里不由得一惊。

"我知道兰斯为什么不愿意报警了。"福尔摩斯说，"警长，请您以贩卖毒品的罪名逮捕兰斯吧！"

"老大，你的根据是什么呢？"柯小南惊奇不已。

"等抓住他就知道了。"

穆克警长立即派人逮捕了兰斯，审讯的结果果然证明了福尔摩斯的判断。

玩转脑细胞 >>

➡ 三名歹徒为什么只劫持兰斯一个人？

➡ 兰斯被抢却不报警，可能会因为什么呢？

➡ 仔细观察三名歹徒的胳膊，你发现了什么？

真相大白 >>

刚开始兰斯还百般抵赖，但是在警方的严密审讯下，他还是败下阵来，承认了自己贩毒的事实。

原来兰斯是L市的一名毒贩，从事毒品交易多年。因此，虽然他没有固定职业，但是依旧收入丰厚。而那三名歹徒就是经常找兰斯购买毒品的吸毒者。三人没有正当职业，为了购买昂贵的毒品，常常会一起干些小偷小摸的事情。

这天，断了毒资的三人迫于无奈，想出了抢劫兰斯的计划。他们知道兰斯会定期去A市贩卖毒品，于是悄悄跟踪他，弄清楚了兰斯去A市的时间。三人找了一辆无牌的白色微型车，看到兰斯上了去A市的班车后就一路尾随。等到了无人的山路后，就拦下班车，劫持了兰斯，抢走了他的毒品，然后将他绑在了树上。而兰斯因为被抢的是毒品，所以才不敢报案。这引起了警方的怀疑，并最终被福尔摩斯发现了他的秘密。

ONE MINUTE
DETECTION

名侦探笔记

➤ 毒品的危害

危害自身　毒品会对吸食者的身体造成各种伤害，引发各种疾病。

1. 吸毒会对身体有毒性作用，吸食者易出现嗜睡，感觉迟钝，妄想等症状。
2. 长期吸毒会使身体出现戒断反应，产生各种并发症。
3. 长期吸毒会造成精神障碍和思维障碍，损害神经系统，易感染各种疾病。

危害社会　毒品往往会带来罪恶，吸毒害人害己。

1. 吸毒者在毁灭自我的同时，会使家庭经济受损，甚至家破人亡。
2. 吸毒会造成社会财富的巨大损失和浪费。
3. 毒品往往会引发犯罪活动，扰乱社会治安。

➤ 通关大秘诀

推演案情的能力 ★★★

推演案情是成为一名合格侦探的基本条件。本案中福尔摩斯由歹徒们瘦弱的身体及针眼推断出他们是吸毒者，从而发现了兰斯的真实身份。

适当的敏感性 ★★★

优秀的侦探具有天生的敏感性，能及时察觉不合理的事情。正是这种素质让柯小南他们发现了兰斯的秘密。

➡ 玩转脑细胞线索

莱根和嫌犯手上的针眼和瘦弱

蜡像破案

每天下午，福尔摩斯都会到街角那家咖啡馆喝上一杯咖啡。香浓醇美的咖啡对于常常身处疑难复杂案件中的福尔摩斯来说，是午后最好的醒脑良方，更何况这家百年小店本身清新雅致的装潢就足够吸引顾客了。

这天，福尔摩斯正在享受他的第一杯咖啡，柯小南则在一边津津有味地看着一本《名侦探宝典》。忽然，穆克警长急匆匆地赶来了。"老朋友，你来得正好，坐下喝杯咖啡吧。"福尔摩斯一眼就看出穆克警长肯定是又碰上什么难办的案子了，还是忍不住这样打趣他。"嗨，我说老伙计，我哪有你这份闲心啊！华纳议员家的一对天然红、蓝宝石挂坠被盗了。价值连城哪！议员先生已经发话了，不但要抓住盗贼，还要追回宝石挂坠啊！我现在是一点儿头绪都没有。跟我去现场看看吧？"

不容福尔摩斯推辞，穆克警长拉着他和柯小南直奔华纳议员家而去。福尔摩斯在华纳先生的卧室仔细地检查着，房间很大，朝阳的窗子是落地的，阳台离地面不是很高，阳台上有不少鲜花，正灿烂地开着。忽然，阳台上的一只鹦鹉说话了：“快过来，比尔！”“轻点儿，丹尼斯！”“比尔和丹尼斯是谁？”福尔摩斯问。“我也不认识。今天，鹦鹉一直在说这两句话，我们也莫名其妙呢。”华纳先生说。福尔摩斯似乎明白了什么。

回到侦探所，福尔摩斯果然在电脑档案里找到了名叫比尔和丹尼斯的人，这两个人以前曾因盗窃罪被警方判过刑。“小南，你去跟踪这两个家伙，看看能不能发现宝石的下落。”柯小南觉得展现自己能力的时刻终于来了，兴高采烈地领命而去。

可是，几天过去了，柯小南用尽了各种办法：化装成流浪儿童、扮成卖报的小报童等，不停地在比尔和丹尼斯出没的地方转悠，仍然一无所获。

这天，柯小南垂头丧气地来到福尔摩斯的公寓。推开门，柯小南顿时怔住了：阳台上赫然有两个福尔摩斯，一个坐在安乐椅里正在全神贯注地读一本书，另一个抽着雪茄望着窗外出神。柯小南不相信地揉了揉自己的双眼，满腹狐疑地说：“老大，难道我的眼睛花了？没听说你有个双胞胎兄弟啊！”福尔摩斯哈哈大笑：“小南，过来仔细看看，这是我的蜡像。”柯小南走到蜡像前面，不觉惊叹道：“这也实在太像了，简直可以以假乱真！”

福尔摩斯继续注视着窗外，脸上浮现出一丝笑容：“小南，你看那边！”柯小南顺着福尔摩斯指的方向一看，大惊：“比尔和丹尼斯！我们快通知穆克警长来抓捕他们！”“当然要通知，但不是现在。小南，你去请他们上来，就说有人要和他们谈一笔生意。然后，再去请穆克警长。”

十分钟后，比尔和丹尼斯来到了福尔摩斯的寓所。他们一眼就看见了福尔摩斯的蜡像：“先生，您叫我们上来要谈什么生意？”“哈哈，那只是我的蜡像而已。”福尔摩斯笑着从卧室走出来，拉上了蜡像前面的帘子，说：“两位先生，我已掌握了足够的证据，你们就是盗窃华纳先生宝石的凶手。不过，华纳先生最想要的是宝石。至于你们两个，要是能说出宝石的下落，我也许会请警方网开一面，放你们一条生路。"两人顿时面面相觑，想夺门而去。福尔摩斯一眼就看穿了他们的心思："跑是没用的，你们要是落入警方手里，恐怕……也许你们俩要商量一下。好，我现在退出这间房间，要去弹一会儿钢琴了。我希望等我弹完后能听到满意的答复。"

福尔摩斯走后，没多久就传来一阵钢琴声。比尔还是不放心，查看了一下四周，没有什么可疑之处。"这家伙会不会躲在帘子外面偷听？"比尔走到阳台旁，拉开了帘子，"嗨，这蜡像实在太像了。"确认福尔摩斯没在房间偷听后，两人悄声议论了起来："宝石就在我的暗兜里，一会儿等那家伙进来，我们就猛冲出去。"话音刚落，福尔摩斯举着枪，不知从哪儿冒了出来。两个盗贼吓得倒退几步，不知所措。这时，柯小南和穆克警长也到了。

玩转脑细胞 >>

➡ 鹦鹉的"话"里隐藏着什么秘密？鹦鹉为什么会说这些莫名其妙的"话"？

➡ 福尔摩斯到底藏在哪里呢？仔细观察图片，你能找到答案吗？

真相大白 >>

福尔摩斯当着警长的面从比尔身上搜出了宝石，这让比尔百口莫辩，只好老实交代。原来，比尔和丹尼斯3年前获释后，曾想着洗心革面，重新做人。他们一度在建筑工地打过零工、送过外卖、做过清洁工……可是，这样挣钱实在太辛苦了。半年下来，他们不但没攒下一分钱，还因为交不起房租被房东赶了出来。正在两人流落街头、穷困潦倒的时候，盗窃团伙的头目找到了他俩，让他俩盗出议员家的宝石，送到B地，就可换到一大笔钱。可是，这几天风声太紧，还没等宝石脱手，他们就被逮捕了。

名侦探笔记

➜ 鹦鹉

凶手偷盗宝石时互相招呼彼此的声音竟被鹦鹉学了去，福尔摩斯因此轻而易举地知道了罪犯的名字。

1 鹦鹉是与人类关系最为密切的观赏动物之一，不但有色彩斑斓的羽毛，还有灵巧的舌头，能模仿人类的语言。

2 鹦鹉没有发达的语言中枢，鹦鹉学舌只是一种条件反射和机械模仿。

➜ 蜡像

蜡像极具仿真性，足以以假乱真。福尔摩斯正是利用自己的蜡像找到宝石的下落的。

1 蜡像比一般雕塑更接近人物原形，它所塑造的人物往往栩栩如生，与真人无二，令人叹为观止。

2 蜡像制作技艺精湛，不仅神形兼备，而且精细入微，连手上的小血管都很逼真，甚至连头发丝和头皮间也看不出接合的痕迹。

➜ 通关大秘诀

用智慧的侦探头脑揭开谜底 ★★★

福尔摩斯利用真假难辨的蜡像，最终找到了宝石的下落。名侦探的智慧是不是使你佩服得五体投地？虽然现在已经有了很多先进的侦探器材，但任何东西都不能替代一个足智多谋的侦探头脑。碰到任何事情都能沉着冷静，迅速作出反应，这也是一个侦探必备的素质。

➜ **玩转脑细胞线索**

蜡像是福尔摩斯做的

来去无踪的隐身人

🔴 神秘消失的金砖，防备森严的仓库，小偷难道是隐身人？

🔴 失窃背后，假象面前，何处寻真相？

金矿老板阿普里尔一见巴特神色慌张地朝着这边跑来，就明白矿厂又出事了。

这件事情非常蹊跷，从去年开始，金矿就接二连三地发生离奇、神秘的怪事。事因一直到现在都没有查明，就连警察也毫无办法。而此时，看到巴特这么急匆匆的模样，想必一定又是那个可怕的隐身人出现了！

巴特奋力冲到办公室，上气不接下气地对阿普里尔说："老板，不好了，不好了，那个神秘的隐身人又来了，没错，又是他，这一次，我们损失了三块金砖呢！"

阿普里尔听了，不由得皱了皱眉头，他想，这样下去是不行的，一定得查清楚真相！于是，他转身对巴特说："快，一定要保护好失窃现场，我出去一会儿就回来。"

阿普里尔随手抓起一件外套，急忙向福尔摩斯的办公室走去。

办公室里，福尔摩斯正在和柯小南一块儿研究前段时间发生的一个案子，这时，阿普里尔走了进来。

"老朋友啊，你得帮帮我了！"阿普里尔着急地说。

"怎么了。阿普里尔，先坐下来。"福尔摩斯冲了一杯咖啡递给阿普里尔。

"哎，我的矿厂从去年开始就发生了许多不可思议的事情，一直到今年都没有消停过。这个神秘的隐身人每隔一段时间就会来我的矿厂偷一次金砖，而且每次犯案都要偷走三到五块！"

"隐身人？"柯小南喝着汽水，饶有兴致地说，福尔摩斯则坐在沙发上，细细地品着咖啡，他看起来总是一副漫不经心的样子，可事实上，他的注意力却高度集中在阿普里尔的描述上。

"没错，这就是我们犯难的原因啊，他每次作案都是来无影去无踪的，好像隐身人一样！"

"你们没有警报系统吗？"

"我在仓库里设置的保卫系统是相当严密的，这点完全能放心！可以说任何人都不可能轻易进入我的仓库，更别说什么大摇大摆地入室盗窃了。哎，我们报警之后，所有的警察都没有头绪。我之所以说是隐身人作的案，也是有个警察私底下这么跟我讲的。你说，这不是隐身人是什么？"阿普里尔更加着急了。

"是吗？"福尔摩斯放下咖啡杯，有些惊讶地说，"会不会是矿厂内部的工作人员作的案？"

"不，绝不可能！"阿普里尔非常坚定地说，"我敢保证！因为每一个从仓库里出来的工作人员都必须接受非常严格的检测，哪怕他们身上只有一点金属制品，都会被检测仪检测出来！"

"既然是这样，那我们还是到现场去看看吧！"福尔摩斯站起身来，"我不相信这个世界上有隐身人存在！"

"没错，我们得找出这个聪明的小偷来！"柯小南赶紧从座位上跳起来，拿上了笔记本。

金矿的仓库位于矿厂的中心区域，是一个单独修建的小楼房。仓库的四壁都是用坚硬的钢板加硬过了的，为了防止小偷，阿普里尔只在一面墙的墙壁高处挖了一个小小的通风窗口。这个仓库只有一个出口，门口有四名手持枪弹的警卫把守。看来，想要从这样的仓库中逃走，恐怕真的只有隐身人才能办到了。

福尔摩斯走进仓库，环视了四周，最后将目光停留在通风口处。这个通风口由于长期没有人打扫，上面已经结满了蜘蛛网。福尔摩斯踮起脚尖，仔细地看了看网上的蜘蛛。

"这个通风口肯定是没有问题的，因为上面的蜘蛛网完好无损，这就说明没有人从这里通过。"阿普里尔在一旁分析道。

福尔摩斯想了想，问："这间仓库平时有谁能进入？"

阿普里尔回答说："只有三个搬运金砖的工人才能进来。一个是高大的黑人，一个是爱喝酒的胖子，一个是瘦小的矮子。"

福尔摩斯笑了笑："我知道了，那个瘦小的矮子就是偷走金砖的小偷！"

玩转脑细胞 >>

➡ 快看看通风口，那里有什么可疑之处呢？

➡ 通风口上的网就能说明通风口没人出入吗？

真相大白 >>

听了福尔摩斯的推断，阿普里尔大吃一惊，赶紧把那个瘦小的矮子叫了进来。当福尔摩斯指出证据后，那个搬运工一下子脸色惨白，他痛苦地跪了下来，只得承认了自己偷盗金砖的罪行。

原本他并没有偷盗金砖的想法，完全是迫于生计才这么做的。他家境贫寒，经常穷得揭不开锅，可就在去年的时候，妻子得了一场非常严重的疾病，需要大量医药费。为了给妻子治病，他已经用完了所有的积蓄，为此还兼职了好几份工作，可这根本不够支付昂贵的医药费，所以他才对金砖动了偷盗之心。

ONE MINUTE
DETECTION

名侦探笔记

→ 黄金与用途

黄金 黄金是金属中最为稀有、最为珍贵的金属之一，自古以来深受人们的珍爱，具有很高的经济价值。

1 黄金是一种稀有的贵重金属，因此被赋予了很高的经济价值。

2 黄金按照来源的不同可以分为生金和熟金。

用途 黄金大量存在于人们的生活中。

1 黄金因为其稀有性和货币储备的功能，因此具有保值功能、国际储备功能。

2 不仅如此，黄金因其独特的物理性质，还经常被加工制作成珠宝、饰品，具有很高的保值价值。此外，黄金在工业技术中也得到了广泛的应用。

→ 通关大秘诀

了解动植物相关知识 ★★★

本案中，蜘蛛网成为了破案关键。小偷利用蜘蛛网成功地蒙骗了所有人，可这却瞒不过福尔摩斯的双眼。读者们以后也可以加强阅读，丰富自己的知识储备哦！

相信真理的科学态度 ★★★

当众人都在谣传这是隐身人在作案时，福尔摩斯却坚定地相信这是矿厂内部的行窃案件，因此，我们也要学习这种精神！

➡ **玩转脑细胞线索**

蜘蛛网上有一只蜘蛛

黎明前死神在召唤

◎ 打猎途中惊遇离奇命案，凶手何处寻，难倒小小侦探！

◎ 大侦探谜中求真，辨实情，凶手无所遁形！

虽然柯小南跟着福尔摩斯去过不少地方，但南方Q市那片茂密的原始森林一直是他向往的地方。他希望能到那里去打猎，因为那里不但有各种鸟儿，还有不少其他的野味。

现在他的愿望终于实现了，福尔摩斯带着他来到Q市，准备第二天一早就带他进入密林深处。柯小南激动得一夜都没有睡好，当然，他希望这次不要碰到什么案子，让他能好好地玩上一次。

谁知天不遂人愿，第二天一早，他们进入森林，刚走了半个小时左右，便遇到了状况。他们发现，在一棵大树下，躺着一个人，看样子已经死了。这个人仰面朝天，胳膊和腿展开，赤着脚，裤子挽到膝盖下方，鞋子放在一边。他的脑袋磕在一块石头上，流下来的血凝成了一道血条。旁边有一个鸟笼，笼门开着，里面没有东西。福尔摩斯把猎枪放在一边，着手开始侦查。

"身体还有温度，血刚凝结不久，看样子死的时间不长，应该在天亮前后。"福尔摩斯说。

柯小南围着四周走了一圈，说道："身边除了鞋子和鸟笼，没有其他东西，会是抢劫杀人吗……不，也不一定，不过看他脚底的划痕，像是爬树时从树上摔下来，意外身亡的……我想是这样的。"

福尔摩斯没有说话，他朝树上看了看。树上有一个巨大的鸟窝，里面估计会有几只小鸟。现在，正是鸟儿繁育的季节。

"不过，事情可能不会那么简单，我得好好想想，再找找有什么线索。"柯小南又挠着脑袋说，"可我仔细察看了一下，地上找不到可疑的脚印，即便是他杀，也没有证据啊！老大，你发现了什么没有？"

"有些眉目，但还不太确定。小南，你用照相机拍下照片，然后去附近的村子或镇上调查一下这个人，看他是做什么的，我在这边等你。"

"你先把你的发现告诉我吧！"柯小南急切地说，言语中透出点点哀求。他天生就是如此好奇，但好奇并不是一件坏事，不是吗？对事情不充满好奇，怎么能做一个好侦探呢！

"你先去吧，回来后我再跟你说。"

柯小南照完照片，飞也似的跑了，他要去最近的村子和附近的镇上寻找线索。

柯小南走后，福尔摩斯给附近的警察局打了一个电话，让他们派一些人过来。做完这些，他又仔细察看了一下现场。

两个小时之后，警察来到现场，对现场进行了拍照取证工作。福尔摩斯和负责办案的警长进行了简单的交流。警长认为是意外身亡，福尔摩斯一时没有回应。应福尔摩斯的要求，警长派了一个警员去接应柯小南。半个小时后，柯小南回来了。

"这个人是附近一个村子里的人。他的爱好是养鸟，也经常到森林的深处来掏鸟窝，抓一些鸟儿来。"柯小南说。

"抓来的鸟儿都自己养吗？"福尔摩斯问。

"不是，他的邻居告诉我，这个人经常去鸟市，把一些珍贵的鸟儿拿去卖，好像还很值钱呢！"

"嗯。看来与我的判断基本吻合，是他杀。"

"可这个人看着像是从树上摔下来的啊！"警官在一旁说。

"现在，我已经能肯定是他杀了，而且还知道了凶手在哪里。警长先生，请您派人保护好现场。然后您跟我们一起去附近的鸟市，我们要在那里逮捕凶手！"

"可是，老大，这到底是为什么？您为何如此肯定呢？"柯小南的好奇心又来了。

"让你调查这个人的来历之前我就判断出了是他杀，派你去调查就是为了确认凶手在哪儿。走，事不宜迟，路上我慢慢跟你说。"

玩转脑细胞 >>

➡ 仔细观察死者的脚心，看看有什么新发现？

➡ 察看死者的身体朝向，有什么可疑之处？

➡ 想一想，福尔摩斯是基于什么来判断凶手所在位置的？

真相大白 >>

来到鸟市，福尔摩斯便询问鸟市里的卖鸟人，今天有没有新的卖主，他们指了指角落里的一个年轻人。那个人在兜售几只画眉，看样子不像是个经常卖鸟的人。看到警长向他走去，他神情慌张起来，福尔摩斯立即确定他就是凶手。原来，年轻人是一个地痞流氓，整天无所事事，到处游荡。案发前一段时间，他看到受害人在鸟市卖鸟，并且价格不菲，于是便起了歪心思。他有意接近受害人并打探到他的一些生活情况，如每天天亮之前去森林里掏鸟窝等。在案发当天，他悄悄跟踪受害者，来到一棵大树下，用锐器打死受害者，并伪造了意外身亡的假象。他对鸟儿一点儿都不了解，并不知道当天抓的鸟不太值钱，还以为能卖个好价钱呢。兜售了半天也无人问津，却被及时赶来的福尔摩斯抓了个正着。

ONE MINUTE
DETECTION

名侦探笔记

➤ 珍贵的鸟和鸟的价值

珍贵的鸟 文中嫌疑人因觊觎捕鸟人手中的珍贵鸟儿而犯下罪行。让我们一起来了解一下珍贵的鸟儿都有哪些吧！

1 朱鹮濒临灭绝，是我国一级保护鸟类，有"东方宝石"之称。

2 在我国，丹顶鹤因其美妙的体形与身姿被人们称为"仙鹤"，其寿命可长达50～60年，因而历来与松并誉为"松鹤延年"。

鸟的价值 了解鸟的价值，对于了解嫌疑人的作案动机至关重要。

1 在观赏鸟类中，金刚鹦鹉能卖到万元以上，鹩哥价格也在千元以上。

2 大多珍稀鸟类受到各个国家的法律保护，私自捕猎、倒卖违法。

➤ 通关大秘诀

丰富的生活经验 ★★★

在破案时，丰富的生活经验非常重要。如本案中爬树时两脚在树干上的位置、从树上跌落时的姿势、常温下人血的凝固时间（15～30分钟）等。

严谨的办案精神 ★★★

本案中，福尔摩斯在基本确定了案件为他杀后，仍派柯小南外出调查，其严谨精神可见一斑。

➡ **玩转脑细胞线索**

脚底有擦伤的另一方是凶手

113

林中的神秘脚印

◎ 水塘边惊现神秘脚印，是谁闯入私宅？
◎ 神探火眼金睛，隐形窃贼瞬间浮出水面。

初冬的一天，天气异常寒冷，气温甚至达到了零度以下。福尔摩斯叼着烟斗，和柯小南走在江边的林荫大道上。此时太阳已近西山，落日的余晖将两人的影子拉得很长。福尔摩斯呼吸着寒冷的空气，脑中繁杂的思绪顿时一扫而空。

走到警察局附近，两人便顺路去看望一下穆克警长。穆克警长见到他们进来，连忙打招呼让座，并拍着福尔摩斯的肩膀说："我正要给你们打电话，没想到你们正好来了。"

"哦？难道又有了什么棘手的案子了吗？"柯小南一听，顿时来了精神。

"是这样的，刚才收藏家罗宾逊先生打电话过来报案，说是他的别墅里进去了可疑人物。我想请你们二位辛苦一趟，去那里调查一下。"接到任务，福尔摩斯和柯小南迅速驱车前往郊外的罗宾逊宅院。当他们到达时，白发苍苍的罗宾逊先生早已焦急地等候在大门前了。

福尔摩斯说明来意后，罗宾逊连忙拉住他的手，不安地说："你们终于来了！我现在担心极了，一定是有人盯上了我收藏的那些宝贝！"

"您先不要着急，罗宾逊先生，您发现丢失什么贵重的东西了吗？"福尔摩斯关切地问。

罗宾逊忧心忡忡地说："倒是什么也没丢，但是我的别墅里的确是进来人了，他一定是来探路的。唉，我的那些宝贝呀，真担心哪天它们就不在了。"

"您别担心，我们去现场看看吧。"福尔摩斯提议道。于是，罗宾逊便带着两人来到别墅后面的林子里。果然，在树林旁的水塘边，福尔摩斯看到了一排清晰的鞋印，这排脚印一直延续到林子的草地那里。

从鞋底的锯齿花纹看得出，这是一双防水胶鞋留下来的。"这会不会是您家里人留下的鞋印呢？"福尔摩斯问道。

罗宾逊肯定地说："绝对不会，这些鞋印昨天白天还没有，我问过了，今天一上午家人都没有来过这里，而且我家也没有人穿这样的鞋子。"

"那您在附近有没有安装监视系统呢？"

"这里没有，不过院墙外面倒有几部。"

"好吧，那咱们去看看监视录像吧。"

来到别墅的监控室，福尔摩斯调出了从昨天到今天的所有监视画面。由于这栋别墅位于郊区，所以很少有人经过这里，一整天的监视画面中，只有两个人在墙外的录像里出现过。其中一个人是在昨晚11点时出现过，罗宾逊认出那个人是附近的农民汤姆。另一个人出现在今天中午11点半的时候，罗宾逊说那是附近的酒店服务生路易斯。

福尔摩斯得到了这些信息后，便带着柯小南返回了警察局，向穆克警长反映了情况。很快，汤姆和路易斯都被警察带到了警察局。经过审问，他们两个人都否认闯进过罗宾逊先生的住宅。

穆克警长有些犯难，他又找到福尔摩斯，问福尔摩斯该如何处理。福尔摩斯

ONE MINUTE
DETECTION

问道："他们俩谁有防水胶鞋？"

"这两个人家里都有防水胶鞋，而且巧合的是，鞋子的大小、款式也是一样的，这可真难办。"

"那汤姆从今早天亮前到午后这段时间都做了什么？有人能证明吗？"

"他和几个邻居打了一整晚的牌，始终没有离开过。今天早晨8点左右，他们一起出去买种子，中午才回来。那几个邻居可以证明他没有说谎。"

"那路易斯都做了什么？"柯小南追问道。

福尔摩斯笑了笑，说："不用追查他的行踪了，答案已经很清楚了。昨天是晴天，夜里非常冷，那么闯入罗宾逊家里的一定是路易斯。"

玩转脑细胞 >>

➡ 观察图中的鞋印，你有什么发现？

➡ 注意一下文中提到的天气情况，对你会有什么帮助呢？

真相大白 >>

罗宾逊是个富有的商人，他唯一的爱好就是收藏古董，家里有不少名贵的瓷器和金银器皿。有一天，他和朋友在附近的酒吧聊天，当聊到收藏时，罗宾逊不禁侃侃而谈，还提到了自己收藏的罗马帝国时期的金饰。他眉飞色舞地描绘着那些金饰的纹路、图案，在一旁斟酒的路易斯听到这些，顿时起了歹心。路易斯知道罗宾逊家的地址，于是在中午11点的时候从罗宾逊家的后院跳了进去，准备看好路径后晚上来行窃。没想到他在水塘边留下了脚印，过早地暴露了自己的行踪。

名侦探笔记

➜ 霜的形成

了解霜是如何形成的，能帮助侦探积累丰富的气象知识，为顺利破案打下基础。

1 霜大多出现在晴朗的夜晚，也就是地面辐射冷却强烈的时候。

2 有微风的时候，空气缓慢地流过物体表面，有利于霜的形成。但是当风速达到3级或3级以上时，霜就不容易形成了。

➜ 足迹的鉴定

在案发现场，大多数犯人都会留下足迹。通过对足迹的鉴定，我们能获得以下信息：

1 通过鞋后跟的锯齿状刻纹和标志，能判断出鞋子的种类和制造厂商。

2 根据足迹的深浅程度，能判断出犯人的体重。

3 通过足迹的大小、步伐的宽度，能判断出犯人的性别、身高、体型。

➜ 通关大秘诀

具备丰富的气象学知识 ★★★

在案件的侦破过程中，会运用各种各样的科学知识，其中气象学知识便是侦探们经常运用的一类知识。在本案中，正是对霜的了解帮助福尔摩斯迅速地确认谁是闯入者。

➜ 玩转脑细胞线索

鞋的非黑色油漆

盲老太的绝密遗言

● 独身盲老太别墅内毒发身亡，离奇案情让人无从下手！

● 大侦探勘验现场，寻访高人，凶手无处遁形！

"老大，快起来！出大事儿啦！"柯小南在房间外大叫。

"到底发生了什么事啊，这么激动！"福尔摩斯打开房门，揉了揉惺忪的睡眼，没好气地说。

"在市郊一幢豪华别墅里，发生了一起杀人案。独居多年的老太太米勒被人发现死在了自己的房间里。"

"又发生了命案，看来穆克警长有的忙了。"

正在这时，秘书丽莎走了进来，说："福尔摩斯先生。刚才穆克警长打来电话，说市郊发生了命案，请您过去帮忙侦破案件。"

"走吧，老大，我们也有的忙了。"

等福尔摩斯和柯小南赶到别墅时，警方已经把现场全封锁了。福尔摩斯和柯小南跨过警戒线，来到了穆克警长面前。

最先发现米勒太太死亡的是园丁，不久前米勒太太叫他今天来帮忙修剪后花园的草坪。他按了半天门铃也没人过来开门。于是，园丁就透过窗户玻璃朝房子里张望，想看看家里到底有没有人。

通过窗户，园丁发现米勒太太仰面躺在沙发上，不像是在睡觉的样子。他以为米勒太太是心脏病犯了，赶忙打电话报了警，并叫了救护车。警察打开了门，护士随即进去检查。没想到，检查的结果却是米勒太太已经死亡多时。

"后经法医鉴定，米勒太太是服毒身亡。"穆克警长说，"起初，我们以为是自杀，但是很快就排除了这种猜想。因为米勒没有自杀的动机，而且最重要的是，我们在现场没有发现服毒的器皿。而且，现场一点也不凌乱，说明死者是认识凶手的。米勒太太很可能是在和凶手说话时被毒死的。"

"既然排除了自杀的嫌疑，那就让我们再仔细查看一下现场。看看有没有什么有价值的破案线索。"福尔摩斯说着，就开始在房间内巡视起来。柯小南也跟在后面，像模像样地开始了勘查。

忽然，福尔摩斯停住了脚步，因为他发现死者的右手上还紧紧地捏着一根针。柯小南也注意到了："老大，死者手里为什么会有一根针啊？难道像她这么富裕的人还要做针线活吗？"

"当然不会！"穆克警长说，"米勒太太是一位盲人，不可能做针线活。"

盲人！这个倒是福尔摩斯没想到的。一个盲人在临死的时候，手里还捏着一根针。她想要干什么呢？这个细节说不定是本案的一个关键点。

除了几张散落在茶几和地上的白纸外，整个现场非常干净。柯小南他们再也没找到其他任何有价值的线索。福尔摩斯拿起茶几上面的一张白纸看了一下，突然，他的眼前一亮。

"死者还有什么亲人吗？"福尔摩斯询问穆克警长。

"米勒太太没有子女，只有一个叫德克的侄子，住在市区。"

"让我们去见一见这位德克先生吧。"福尔摩斯说，"不过，我得先去请教一个朋友，然后再去德克家和你们会合。"

一行人很快就来到了德克的家里。开门后，见到这么多警察，德克吃了一惊，但他还是很快镇定下来，把大家请进了屋子。不一会儿，福尔摩斯也赶来了。

"你婶婶的事情，你知道吗，德克先生？"福尔摩斯问道。

ONE MINUTE
DETECTION

"我知道了，真没想到一向坚强的婶婶会这么脆弱，竟然选择了自杀这条不归路。"德克说着，显出一副很悲伤的样子。

"不要再装了！德克先生，真正的凶手就是你！你的婶婶已经都告诉我们了。"福尔摩斯站起来一声大喝。

德克一听，立刻面如死灰，瘫倒在地。

玩转脑细胞 >>

➡ 死者是位盲人，这对破案有什么启示？

➡ 为什么死者手里会拿着一根针？

➡ 仔细观察福尔摩斯手中的白纸，你看到了什么？

真相大白 >>

在铁一般的证据面前，德克终于承认了自己投毒杀害米勒太太的犯罪事实。

德克知道米勒没有子女，自己是她财产的唯一继承人。但是米勒太太非常健康，这让德克很是着急。由于想早日继承米勒太太的财产，急不可耐的德克居然起了杀心。为了不让米勒太太起疑心，德克表面上还是装出一副尊敬孝顺的样子，借此迷惑米勒太太，好让她保持对自己的信任。

案发当天晚上，德克去看望米勒太太，假装说自己从国外带回了上好的咖啡豆，今天特意来煮咖啡给她喝。说完，德克就走进了厨房，并将毒药放在了咖啡里面。不知情的米勒太太喝下了毒咖啡，立刻倒在地上挣扎。德克一看米勒太太必死无疑，就带走了咖啡杯。他自以为神不知鬼不觉，没想到福尔摩斯一下就看出了他的破绽，并让他得到了法律的制裁。

名侦探笔记

→ 盲文的发明和特点

盲文的发明 被害人用盲文留下线索，帮助警方抓住了凶手。

1 盲文的发明者是法国人路易·布莱叶，他本人就是一位从小就失明的盲人。

2 盲文是专为盲人设计的，靠触觉感知的文字。

3 盲文是通过点字板、点字机等在纸张上制作出不同组合的凸点而组成的。

盲文的特点 布莱叶盲文以其显著的优点，得到了国际的公认，为广大盲人打开了智慧大门。

1 盲文每一个方块的点字由六点组成，加上空白，共64种变化。

2 盲文还能表示数学符号和音乐符号。

3 布莱叶发明的盲文的最大特点是既能读又能写。

→ 通关大秘诀

了解不同形式的语言 ★★★

语言是最直接的线索，也对侦探破案最有帮助。作为一名侦探，了解不同形式的语言，对案件侦破大有裨益。福尔摩斯了解盲文的特点，因而在看到白纸上的小孔时才会如此敏感，最终在请教了这方面的专家后，福尔摩斯串联起各个线索，找出了真凶。

➡ **玩转脑细胞线索**

纸上那些凸起的小孔其实是盲文。

没有影子的情人

○ 海面上漂浮着一个盒子，里面竟装着一具早已腐烂的女尸!

○ 案件毫无头绪，凶手到底隐藏在什么地方?

在一片茫茫大海上，一个漂浮在海面上的铝合金盒子引起了渔民的注意，他们将盒子打捞起来，打开一看，在场的所有人都惊呆了——里面竟然放着一具女尸!

胆子稍微大一点的人凑上前看了看，盒子里散发出一阵恶臭，看来这个女人已经被害很多天了。

船长镇定地来到盒子旁边，他嘱咐船员们千万不要再移动盒子，自己则赶紧指挥舵手返航报案。

在接到案子的时候，福尔摩斯正在和柯小南在岛上度假，他们赶紧简单地收拾了行李，连忙向现场赶去。

"据推测，这个女人已经死了半个月了。"穆克警长对刚刚赶来的福尔摩斯说。

"盒子上有什么可疑之处吗?"柯小南紧张地问穆克警长。

"由于盒子已经在海上漂浮很长时间了，所以上面找不到任何可疑指纹，而女尸也已经开始腐烂，这个案子很难办啊!"穆克警长忧心忡忡地回答。

"确定女尸的身份了吗？"柯小南继续问。

"初步判断是前段时间报案失踪的黛西，她的失踪时间和女尸的死亡时间大致吻合。"穆克警长翻了翻笔记本。

"带我们到现场看看吧。"福尔摩斯对穆克警长说。

此时，盒子仍旧放置在渔船上，警察已经对周围进行了封锁。穆克警长带着福尔摩斯和柯小南穿过人群，来到盒子旁边。

福尔摩斯半蹲下来，仔细地盯着盒子看了一会儿，然后抬头对穆克警长说："调查过黛西的家属了吗？"

"是的，黛西的丈夫是一个富商，名叫阿迈斯科，这会儿正在路上赶来确认死者呢。"

正在说话之间，阿迈斯科已经赶来了。他激动地冲过人群，奋力挤到盒子旁边，他看起来已经悲痛到了极点。

"请仔细看看这个死者，她是你的妻子吗？"穆克警长扶着阿迈斯科说。

阿迈斯科朝盒子里望了一眼，便开始撕心裂肺地痛哭起来，"没错，是她，是黛西，到死我都记得她手上的那颗痣……啊，天啊，我的黛西，你怎么就这么死了？"

"黛西是什么时候失踪的？"福尔摩斯在一边冷静地问道。

"半个月前，我乘坐私人飞机出了海，黛西没有和我在一起，她去南方旅游了。没想到，她这一去就没有了音讯，我找了好久，不想黛西却遭人杀害了。"阿迈斯科泣不成声。

"你当时去了哪片海域？"福尔摩斯又问。

"就在那边的C海，那儿空气很好，我很早就想过去看看了。"

"你是过了多长时间才发现黛西失踪的呢？"

"我在C海待了一天，回家后的第二天便和黛西失去了联系。而我出海的事，有关部门是可以作证的，因为每次在出海之前必须提出申请。""对，我已经让人打电话询问过了，他确实在黛西失踪的前一天出了海。"穆克警长说。

"我能去一趟C海吗?"福尔摩斯站起来转身对穆克警长说。

"没问题,C海离这儿不太远,我可以派警车带你过去。"穆克警长说完便吩咐警员开车去了。

第二天,福尔摩斯和柯小南从C海回来。

"我想我已经知道凶手是谁了。"福尔摩斯一进门便对穆克警长说,"凶手就是黛西的丈夫阿迈斯科!"

"什么?"穆克警长惊讶极了。

玩转脑细胞 >>

➡ 快观察一下海岸附近,看看那里有没有什么破案的重要线索呢?

➡ 回忆下装尸体的盒子是什么材质的,它会对破案有什么帮助呢?福尔摩斯为什么要连夜赶往C海呢?

真相大白 >>

穆克警长赶紧让人叫来了阿迈斯科。

当福尔摩斯指证阿迈斯科是杀害黛西的凶手时,阿迈斯科仍旧不停地反驳。接着,福尔摩斯将收集到的证据一一罗列出来,这时,阿迈斯科才不得不交代了犯案经过。

原来,阿迈斯科当初只是因为贪图黛西的钱财才和她结婚的。结婚之后,阿迈斯科又认识了一个年轻漂亮的姑娘,俩人经常背着黛西偷偷地约会。

后来,黛西发现了这件事,便要求阿迈斯科与姑娘断绝来往,不然就收回所有财产。在一次争吵中,阿迈斯科恼羞成怒,一气之下就杀了黛西。杀害黛西后,阿迈斯科利用私人飞机,将装着黛西尸体的盒子扔进了人迹罕至的C海。本以为这样就能瞒天过海了,可他的罪行终究逃不过福尔摩斯的法眼,最后受到了应有的惩罚。

ONE MINUTE DETECTION

名侦探笔记

→ 雷达和雷达的应用

雷达 雷达具有很好的监控作用，在本案中成为破案关键。

1 雷达是一种通过电磁波探测目标的设备，具有测定目标距离远、测量目标速度快，能全天使用等诸多特点。

2 雷达的基本组成部分有：发射机、天线、接收器、显示器等。

雷达的应用 凭借雷达的优点，其被广泛运用于各种领域。

1 雷达不仅广泛应用于军事领域，而且在人们的日常生活中也发挥着巨大的作用，比如气象预报、探测资源、环境监控等。

2 雷达在监控洪水、海冰、土壤湿度、森林资源调查等方面也有很大的应用潜力。

→ 通关大秘诀

广阔的知识面 ★★★

福尔摩斯在破案的时候，正是凭借对航天、雷达监控等方面的了解，才顺利地找到阿迈斯科杀人的证据。同学们以后也应该广泛阅读各类科普书籍，拓宽自己的知识面哦！

尊重证据的科学态度 ★★★

为了找到阿迈斯科杀人的证据，福尔摩斯连夜赶往C海，最终成功破案，所以这种尊重事实的办案态度是很值得我们学习的！

→ **玩转脑细胞线索**

暗无天日

煤气惩凶

◎ 床下秘密空洞，欲杀人于无形之中，结果却出人意料！

◎ 煤气被赋予了灵魂，还是另有凶手？真相扑朔迷离！

G街道发生了一起神秘的死亡案件，史威福特被发现死在了自己的家中。这个史威福特是当地有名的地痞恶霸，平时无恶不作，专门欺凌弱小，因此，他的死立即引发了周围人群的关注，大家全都围在史威福特的家门口，等待着警察的调查和破案。

警察在发现史威福特的时候，他正躺在自己家中的浴室地板上，被抬出来时面色惨白，口吐白沫，而整个房间则充满了难闻的煤气味。穆克警长对现场进行了检查，发现在开着的煤气灶上留有史威福特的指纹，难道史威福特是故意打开煤气自杀的？

"不，他肯定不是自杀的。他那么爱惜自己的生命，怎么可能会自杀呢？我看多半是有人谋杀的！你看，史威福特平时总爱欺负人，肯定是因此结下了仇怨！上帝啊，真不知道他作了多少恶。"一个邻居说。

穆克警长录完口供后，完全找不到任何破案头绪，于是请来了福尔摩斯和柯小南帮忙破案。

"我也觉得是一起谋杀案！"柯小南听了穆克警长的描述后，肯定地说。

"我们已经调查过了，史威福特为人霸道，周围的邻居都不怎么喜欢他，因此，我们又调查了一下他的社会关系，发现和他有过争执的人特别多，所以案件陷入了僵局！"一个警察介绍道。

"先去现场看看，说不定会找到什么重要线索。"福尔摩斯穿了一件衣服便和柯小南来到案发现场。

在检查现场的时候，福尔摩斯发现史威福特的房顶处有一个非常小的洞，这个洞引起了他的注意。

"那可能是因为房子比较陈旧了，所以出现了裂痕吧！"穆克警长推测说。

"小南，你去看看这间房子楼上住的是谁！"福尔摩斯转身对柯小南说，接着他又去检查了一下厨房和浴室。等柯小南回来的时候，已经过去十分钟了。

"老大，他家楼上住着一个流浪画家，平时都不怎么在家住。不过，我发现他的床底下也有一个洞，正好和这间房子的裂痕是相通的！这一点很可疑……"

"赶紧找来那个画家！"穆克警长连忙吩咐。

"我已经很久没有回来住过了，昨天晚上很晚才回来。"这个名叫彼德利的流浪画家说，"今天一早，我就听说史威福特死在了家中，完全不知道发生了什么事情！"

"你平时为什么不回来住，而昨天却回来了？"

"实不相瞒，我是没办法在家住啊！你也知道，我们当画家的，根本挣不到什么钱，我就每天背着小画板游走在街头替人画像，所以根本租不上什么好房子。这不，房主说可以把史威福特楼顶的小隔间便宜租给我，所以我就在上面搭建了一个简单的顶棚。寒风一吹，棚子就会发出响声，可能是吵到史威福特了吧，总之，他一见到我就要赶我走，上次回家还说要杀了我呢！那一整晚我都没有睡着，因为他的威胁，所以很久不敢回家了。昨天回来还不是因为外面实在是太冷了，没办法才回来的。我还特地在外面逛到很晚才回家，不过在楼道的时候，还是碰到了史威福特，当时他还好好的，没想到今天就死了。"彼德利紧张地说。

"你昨晚什么时候碰到史威福特的？"穆克警长问。

"大概12点了吧，当时他正坐在楼道里，你没有看到那眼神，吓得我赶紧躲进了房间里不敢出来，他还威胁说要杀了我呢！"

"难道凶手是彼德利？他完全有作案动机和犯案机会……"审讯完彼德利后，柯小南自言自语地分析道。

"不，杀死史威福特的人正是他自己！"福尔摩斯坚定地说。

"什么？"众人不解地望着福尔摩斯，这究竟是怎么回事呢？

玩转脑细胞 >>

➡ 仔细看图，看看房顶上的洞藏着什么秘密呢？

➡ 彼德利床底下的黑洞到底又是谁挖的呢？

➡ 福尔摩斯为什么说杀死史威福特的人就是他自己呢？

真相大白 >>

原来，真正杀死史威福特的人确实是他自己。史威福特一心想要赶走彼德利，很早就计划着要对彼德利下毒手了。他趁彼德利不在家的时候，在彼德利的床底下挖了一个洞。昨天晚上，史威福特见彼德利又回来了，就下决心要在晚上杀死彼德利。

史威福特回到自己的房间后，等到彼德利差不多睡着了，就将黑洞打开，拧开了家里的煤气罐阀门，自己则躲进了浴室中。他想煤气比空气轻很多，所以，放出来的煤气便会穿过小洞进入彼德利的家中，那时，彼德利就会煤气中毒而死。可这些煤气仿佛知道应该惩罚恶行似的，不但没有进入彼德利的家中，反而最终毒死了史威福特自己。

ONE MINUTE
DETECTION

名侦探笔记

➡ 煤气中毒与处理措施

煤气中毒 煤气是以煤为原料，经过加工制成的含有少量氢气、一氧化碳、甲烷等成分的混合气体。

1 家庭煤气中毒通常指的是一氧化碳、天然气中毒。一氧化碳中毒多发生于冬天，由于室内用煤炉取暖，门窗紧闭，排烟不好造成。

2 煤气中毒的表现有头晕、恶心、乏力、昏迷等。

处理措施 煤气中毒者如果没有得到及时救治，则很快会因为呼吸衰竭而死，因此要学会基本的应急处理措施。

1 立即打开室内门窗，保持空气流通。

2 松开中毒者的衣扣，保持其呼吸顺畅。若患者出现呼吸骤停的情况，要进行人工呼吸，并进行心脏体外按摩。

➡ 通关大秘诀

丰富的物理知识 ★★★

煤气的物理特性成为本案的破案关键。福尔摩斯正是具备这方面的知识，才成功地推断出事实真相，读者们，你们知道煤气的相关知识点了吗？

拥有逻辑推理能力 ★★★

福尔摩斯依据科学的方法进行了成功的推理，可见推理能力在破案过程中的重要性！

➡ **玩转脑细胞线索**

小偷是从人头落脚的

密室中的亡灵

○ 歹徒搏命抢劫，犯下滔天大罪，却在密室中了却残生？

○ 将计就计，大侦探巧设迷局，最终智擒幕后真凶！

A市是一个经济发达的城市，商业街上店铺林立，人头攒动。

这天是周末，工作了一周的人们纷纷来到街上购物、休闲。原本就十分热闹的商业街显得愈发繁华了。

正当人们享受着悠闲时光时，几声刺耳的枪响将这份安逸与闲适击得粉碎。恐惧代替了愉悦，瞬间爬上了人们的脸庞。

枪声来自商业街中心的一家大型金铺。一名蒙面歹徒冲进金铺后，掏出手枪朝天花板开了几枪。店员们全吓得蹲在了地上，歹徒趁机砸碎了玻璃柜，将里面的黄金项链、钻石等贵重物品一股脑儿地装进了口袋，然后迅速钻进停在门外的面包车，扬长而去。街上的人们依旧还处于惊愕中。

歹徒在光天化日，于繁华路段实施抢劫。这是对法律的公然践踏。穆克警长怒不可遏，立刻动员全局警力，决心在3日内破案，给市民们一个交代。然后，他又发表电视讲话，呼吁市民们积极提供线索，帮助警方破案。同时，穆克警长还请求福尔摩斯给予帮助。

很快，一个令人振奋的消息传来了。有市民举报一个神秘的男子于案发当晚住进了位于市郊的一所公寓内。此人携带着一个大包裹，目击者从包裹的开口中似乎看到里面装的是钻石。

案情紧急，穆克警长立即带领大批警员赶往歹徒藏身的公寓。到了那里后，穆克警长发现房间反锁着，门打不开，怎样敲门里面都没有回应。

没办法，只能撞门了。穆克警长和警员吉姆猛力一撞，当即锁坏门开。进屋后，眼前的景象让穆克警长他们大吃一惊。只见一名男子坐在一把椅子上，胸口插着一把匕首，人已经死了。

这时候，福尔摩斯和柯小南也急匆匆地赶来了。

"抓住歹徒了吗，警长？"福尔摩斯问道。

"我们也是刚到，进来就发现这个歹徒胸口插着匕首，已经死了。"穆克警长说。

"既然歹徒已经死了，那我们就勘查一下现场吧，看看有没有什么有价值的线索。"

穆克警长让下属都退出了房间，好让福尔摩斯他们勘查现场。这个房间非常空，几乎没有什么摆设。男子胸口被匕首刺穿，失血过多而死。旁边还有一袋散落的钻石。

"老大，你看！"柯小南大声说着，似乎发现了什么。原来他发现窗户四周都用胶纸封起来了。不光窗户，连门也用胶纸封起来了，由于刚才撞门，所以除合页外，剩下三边的胶纸都开了。

"窗户和门都从里面封起来，那这个房间就成了纯粹的密室，这么说歹徒是自杀身亡了。"柯小南发表了他的看法。

"可是歹徒为什么要自杀呢？"门外的警员吉姆有些疑惑。

"可能是畏罪自杀吧！"穆克警长说道，"自案发那刻起，电视台就24小时滚动播放着案情进展，各个收费站、路口也设置了哨卡，通缉令也贴满了大街小巷。罪犯可能承受不住这样强大的心理压力，最终畏罪自杀了。这样的案例并不鲜见。"

听了警长的解释，福尔摩斯慢慢地在房间内踱步。然后，他走到门边，又用手摸了摸开了的胶纸。

"不对！歹徒是被人杀死后，伪装成自杀的样子的。"福尔摩斯突然说道，"此人一定是金铺劫案的幕后主使，想借此来迷惑警方，让自己逍遥法外。警长，请严密监视本市的黄金市场，尤其是黑市的黄金和钻石交易，一旦发现有人出售大批的黄金和钻石，就立即将他抓捕归案。

"另外，我建议警方立刻取消哨卡，并发布新闻说劫案已经破获，歹徒畏罪自杀身亡，好让幕后的主使放松警惕，出来交易。"

穆克警长立刻按照福尔摩斯的建议展开了部署。两天后，警方根据卧底的线报，果然在黑市抓获了一个兜售黄金项链和钻石的男子，经审讯，此人正是金铺劫案及杀害歹徒的幕后真凶。

玩转脑细胞 >>

➡ 警察是撞门进入房间内的，这给他们造成了什么心理暗示？

➡ 自杀现场有什么不合常理的地方？

➡ 仔细观察房门，你有什么发现？

真相大白 >>

该男子是一名职业的劫匪，但他主要负责制订抢劫计划及销赃，并不参与抢劫。

此次金铺劫案是他密谋已久的一次行动。他事先作好了充分的准备，选择了一名歹徒来帮他实施抢劫计划，许诺事后对半分成。另外，他还为抢劫的歹徒准备了手枪及逃跑用的车子。

抢劫得手后，他将歹徒骗至公寓的房间里，将其杀害后，伪装成了畏罪自杀的现场，想借此来迷惑警方。福尔摩斯看穿了他的诡计，于是将计就计，让警方发布成功破案的假消息，引诱他出来交易，最终成功将其抓获。

ONE MINUTE
DETECTION

名侦探笔记

→ 黄金的价值与性质

黄金的价值　黄金作为贵金属的一种，常常会被犯罪分子所觊觎。

1. 黄金自古就有"金属之王"的美称，黄金储备是一个国家货币体系的基础。
2. 黄金也是一种投资品，并且不会贬值。

黄金的性质　黄金的贵族身份是由其性质决定的。

1. 黄金的化学性质十分稳定，在自然条件下几乎不与任何物质发生化学反应。
2. 黄金光泽灿烂，质地柔软，很容易加工成人们想要的形状。
3. 黄金的密度为19.6克/立方厘米，是密度最大的物质之一。

→ 通关大秘诀

破除错误的心理暗示 ★★★

狡猾的罪犯有时会制造一些场景，让警方产生错误的心里暗示，从而将警方引入歧途。本案中的幕后真凶就使用了这样的伎俩，让警方差点相信了死者是自杀的。幸亏福尔摩斯仔细观察了胶纸，破除了警方错误的心理暗示。

将计就计的对策 ★★★

将计就计往往是诱使罪犯露出马脚的好办法。福尔摩斯巧妙地运用了这个计策，顺利地抓住了隐藏的真凶。

➡ **玩转脑细胞线索**

门上的胶纸

扑克牌追凶令

○ 宁静的小巷，摄魂的枪响，残暴歹徒猖狂行凶，谁来缉拿？

○ 神秘的扑克牌，复杂的嫌疑人，如何破解？

进入初秋时节了，天气渐渐萧瑟起来。福尔摩斯顺着大街边的一条小河慢慢散步。望着那渐渐泛黄的河水，走在瑟瑟秋风中的福尔摩斯不由得打心底升起一阵寒意。福尔摩斯扣上了大衣的纽扣，转弯走进了一条小巷。他很喜欢这种带有古典风貌的小巷，一切都是那么安宁，走在其中，时间仿佛都已经停止。

"砰！"一声短促的枪响打断了福尔摩斯的思绪。枪声来得如此突然，又消失得如此突兀，让人不由得怀疑是不是自己的耳朵听错了。福尔摩斯警惕地向四处张望，附近别墅的门窗都锁得紧紧的，除了停在屋顶上的小鸟跳来跳去，一切依旧是那么静谧。

"砰！砰！"又是两声枪响传来。紧接着，小巷尽头一幢别墅的玻璃窗上映出一个男人的身影。虽然隔着玻璃，但是依旧能清晰地看到那名男子满脸是血，他挥舞着双手朝外面大叫："救命！"

情况紧急，福尔摩斯拔腿就朝那幢别墅跑去。他刚刚进门，就听到一声沉闷的撞击声，刚才那个男人从二楼摔下来了，直挺挺地栽在水泥地板上，死了。

整个枪杀案就发生在自己的眼前，办案多年的福尔摩斯还是第一次遇到这种情况。看到地上的男子已经气绝身亡，福尔摩斯赶紧掏出手机，拨通了侦探所的电话："小南，在我经常散步的那条小巷里发生了一起枪杀案，你赶快通知穆克警长来现场。"

放下电话，福尔摩斯立即进屋检查了房子。这是一幢豪华别墅，整栋房子只有一个人居住。从敞开的后门判断，凶手应该是沿着书房逃到了后门，然后翻越围墙逃走的。看来，凶手对房屋的情况比较熟悉，至少能肯定凶手是有预谋要杀害死者的。

一听是福尔摩斯亲自报的案，穆克警长带领两名警员火速出发。经过侦探所的时候，柯小南也上了车，四人一起来到了现场。

看到福尔摩斯静静地站在那里，穆克警长开玩笑地说："大侦探，有什么发现吗？告诉我谁是凶手，我去把他抓回来。"

福尔摩斯摇摇头说："你们没来，我怎么敢乱动现场呢？现在让法医来做下鉴定吧。同时，我们还要调查一下死者的背景。"

随后赶来的法医对尸体进行了检查，确认了死者身中三枪。三发子弹，一发击中了死者的腹部，另外两发直接命中心脏。

柯小南发现死者右手里有东西，仔细一看，原来是张扑克牌。他好奇地说："咦，老大，这死者怎么还捏着一张扑克牌啊？"

"我看，这死者八成是个赌鬼，临死都不忘抓着纸牌。"穆克警长分析说。

这时，去探访的警员回来了。他们通过走访邻居得知，死者叫富兰克林，是一名医生。此外，他很好赌，是个业余赌鬼。

"我说的没错吧！"穆克警长说，"他果然是赌性不改！"

"没有人会在临死前做无意义的事情。这张扑克牌说不定是一个破案的关键。"福尔摩斯看了看纸牌后，说，"警长，请您派人调查一下死者最近都参加过哪些赌局，输赢如何。从这方面入手，应该能找到比较有价值的信息。"

一天后，穆克警长把福尔摩斯请到了警局，说是打听到想要的信息了。"死

ONE MINUTE
DETECTION

者最近运气很好，"穆克警长介绍说，"在被害前一天，他参加了一个牌局，结果连赢十几把。而另外三个人就比较不走运了。老赌棍帕克输了3万块，杂货店主文森特输了4万块，餐馆老板杰西女士输了5万块。"

介绍完情况后，穆克警长说："死者手里抓着一张纸牌，他肯定是想告诉我们凶手和牌局有关。据我们了解，这个帕克有犯罪前科，出狱后又没有正当职业，我看他作案的嫌疑最大。"

福尔摩斯思考了一会儿后，说："不，警长，我觉得杀人凶手应该是杰西女士。"

玩转脑细胞 >>

➡ 死者爱赌博的嗜好，对破案有什么启发？

➡ 观察下死者手里的扑克牌，你看到了什么？

➡ 你知道扑克牌的含义吗？

真相大白 >>

警长派人抓住了餐馆老板杰西女士，经审讯，她果然就是杀害富兰克林的凶手。

原来，和富兰克林一样，杰西也是一名赌徒。她把开餐馆挣来的钱全都扔进了赌场里。富兰克林一个人生活，经常会从杰西的餐馆里订餐，因此二人就认识了，时常在一起赌博。

案发前一晚，富兰克林、杰西和另外两人在一起赌博。结果富兰克林手气很好，赢走了三家的钱。杰西则输得最惨。看着富兰克林将自己的钱全赢走了，杰西恨得咬牙切齿，在心里产生了报复富兰克林的恶毒想法。第二天，她带着手枪来到富兰克林家，趁他不注意时拔枪朝他射击。杀死富兰克林后，她很快就逃跑了。但是，恶有恶报，她最终还是沦为了阶下囚。

名侦探笔记

➡ 扑克牌的含义与人物

扑克的含义　被害人能用扑克牌做线索，帮助警方抓住凶手，可见扑克中蕴含着很大的奥秘。

1 54张牌中，大王代表太阳，小王代表月亮，其余52张正牌代表一年中的52个星期。

2 红桃、方块、梅花、黑桃四种花色则象征着春、夏、秋、冬四季。

3 每种花色都有13张牌，代表了每个季节有13个星期。

扑克上的人物　被害人为什么抓住的是Q？这与扑克上的人物有关。

1 法式扑克牌中的J、Q、K分别是Jack（侍从）、Queen（王后）、King（国王）的缩写。

2 这12张牌里的人物分别代表了某个西方历史人物或传说人物。

➡ 通关大秘诀

拓宽思维深度 ★★★

一名优秀的侦探一定要增加自己的思维深度。穆克警长看到扑克牌后只是简单猜想凶手和牌局有关，但福尔摩斯进一步思考了扑克牌的含义，才最终抓住真凶。

重视被害人的遗留信息 ★★★

很多时候，被害人都会在临死前留下线索，只要细心留意，就能给破案工作带来转机。

➡ **玩转脑细胞线索**

扑克牌的花色和红桃Q

潜伏的魔鬼

⊙ 妻子遇袭失忆，丈夫浑然不知，离奇案件引发诸多猜想！

⊙ 嫌疑人各执一词，个中是非曲直，如何断定？

邓肯是一家洗衣店的送货员，负责的是A市的高级住宅区。星期六的中午，邓肯将需要送达的衣物放进了送货车，整理好送货单就出发了。今天要送的第一位顾客是詹姆斯先生。

邓肯开着车子，很快就来到了詹姆斯先生家。他将车子停在了詹姆斯家门前的路上，花了大约3分钟的时间填好了表格，然后拿着一套西服和一套礼服下了车。

他拎着两件衣服走进厨房。就在那一刻，眼前的景象吓得他把手里的衣服都扔在了地上。

詹姆斯太太倒在厨房的地板上，后脑勺似乎受到了重击，头发已经变得血淋淋的了。"詹姆斯太太，您醒一醒，您到底是怎么了？"邓肯用手摇着躺在地上的詹姆斯太太，嘴里说道。可是，詹姆斯太太毫无反应。该不会是死了吧？邓肯顿时慌了神，连忙大声喊道："救命啊！快来人啊！"

邓肯刚喊完不到一分钟，詹姆斯先生就急匆匆地跑了进来。他抱起躺在地上的妻子，大声呼喊着她的名字，可是怎么也叫不醒她。

ONE MINUTE
DETECTION

这时，邓肯才想到了叫救护车。他掏出手机，急急忙忙地拨通了电话。7分钟后，救护车载着已经人事不省的詹姆斯太太呼啸着赶到了医院。

经过医生2个小时的紧急抢救，詹姆斯太太总算是保住了性命，但是她的脑部受到重击，暂时丧失了记忆，无法分辨谁是凶手。

穆克警长和福尔摩斯随即开始调查这起案件。

邓肯作为最先发现詹姆斯太太的人，成为了警方第一个调查的对象。他跟着穆克警长，福尔摩斯等人一起来到了案发现场，并说起当时的情形来。

"当时我把车子停在了这儿，然后就拿着詹姆斯太太送洗的衣服下车了。"此时，送货车还在詹姆斯家门口停着。

"当我来到厨房时，看到詹姆斯太太倒在了地板上，我很害怕，就大喊'救命'。这时，詹姆斯先生进来了，他抱起了詹姆斯太太，我急忙拿出电话叫来了救护车。"

听完邓肯的叙述，福尔摩斯一言不发，静静地思考着，四下打量着。柯小南则看向邓肯。

"你在厨房里没看到什么疑似作案工具的东西吗？"他问。

"没有。或许我没看清楚，因为当时太害怕了。但似乎真的没看到什么凶器。"

穆克警长对邓肯的话半信半疑，于是打算带他回警局做一下测谎试验。福尔摩斯和柯小南也跟着回去了。

邓肯的情绪很低落，但是他通过了测谎试验，证明了自己所说的都是真话。

这件案子的线索太少了，穆克警长也不知道接下来该从哪里入手了。

"我们问问詹姆斯先生吧。自己的妻子在大白天被人袭击，他居然不知情，这有些奇怪。"福尔摩斯说。

穆克警长又把詹姆斯先生叫到了警局。他问道："詹姆斯先生，当时你在干什么？"

詹姆斯先生答道："当时我正好在后花园浇水，我用胶皮水管给花坛和篱笆浇了半小时的水。我浇水时带着耳机听音乐，但是似乎听到了有人喊‘救命’，于是我摘下耳机，确认了自己没听错，而且声音来自我家厨房，我立刻就放下水管，跑了过去！"

"浇水时，你发现了什么异常吗？"福尔摩斯突然问道。

"没有啊！我拿着水管一直浇了半小时。"

福尔摩斯突然站起来大声说道："詹姆斯先生，你不要再演戏了，你一定参与了杀害你妻子的事。"

福尔摩斯到底发现了詹姆斯的什么破绽呢？

玩转脑细胞 >>

➡ 妻子在厨房里被袭击，詹姆斯却毫不知情，这可能吗？

➡ 仔细观察送货车的四个轮子，你发现了什么？

➡ 詹姆斯先生的证词有什么问题吗？

真相大白 >>

果然，经过警方的严密审讯，詹姆斯承认了参与谋杀自己妻子的犯罪事实。

原来，詹姆斯先生和妻子感情一直不好。妻子经常吵着要和他离婚。然而一旦离婚，妻子将有权获得他全部财产的一半，这是詹姆斯先生绝对不愿意看到的事情。为了彻底摆脱妻子，丧心病狂的他想出了杀害妻子的计划。这天，他知道送货员将会来送妻子送洗的衣服。于是事先就雇了杀手，让他进入厨房杀害妻子，自己则躲在花园里。等到送货员发现妻子遇袭，大喊"救命"时，他再"及时"出现。但他没想到的是，妻子并没有被杀死，而自己却露出了马脚，即将受到法律的制裁。

名侦探笔记

➔ 测谎仪的原理与构造

测谎原理　邓肯通过了测谎，证明了他的清白。测谎仪有助于警方鉴别罪犯。

1 人在说谎话时，生理上会发生一些变化，其中一些是不易察觉的。

2 这些变化是身体的自主运动，不受意识的控制。

3 这些变化主要体现在汗液增多，心跳和脉搏加快，血压升高等。

仪器构造　测谎仪鉴别罪犯的功能源自它精密的构造。

1 测谎仪由传感器、主机和微机组成。

2 传感器与人的体表连接，负责采集人体生理参数的变化。

3 主机将传感器采集的模拟信号转化为数字信号；微机将这些数字信号进行存储、分析，并得出测谎结果。

➔ 通关大秘诀

比对证词，寻找破绽 ★★★

破案时，警方会采集大量口供。有时候将这些口供进行比对，就能发现漏洞。本案中，福尔摩斯通过比对证词，找到了詹姆斯的破绽。

借助科学仪器 ★★★

现代刑侦技术大大发展，很多科学仪器也被运用到破案中，并起到了关键性的作用，就像本案中的测谎仪一样。

➔ 玩转脑细胞线索

是米丁上柜枪把

杀人蜂的诅咒

○ 明媚春光下，花季少女竟命丧蜂毒，小蜜蜂何来大仇恨？

○ 男友的悔恨，母亲的哭诉，是非曲直谁来判定？

这是一个风和日丽的周末，一辆双人座的敞篷小轿车正飞快地奔驰在乡间小路上。车上的两人，一个是本市最大医院的住院医生德里克，年轻有为；另一个是他的女朋友珍妮，单纯可爱。

开了好长一段路后，德里克将车子停在了一块草地上。"珍妮，你先在车里坐一下，我去河边洗一洗脸。"德里克说。

而后，德里克默默地打开车门往河边走去了。大约过了5分钟，他回来了。当他打开车门时，看见珍妮坐在座位上，耷拉着脑袋，一动也不动。德里克心里一惊，将颤抖的食指伸向了珍妮的鼻子。没有鼻息！珍妮死了！德里克大惊失色，慌忙打电话报警。

穆克警长接到案子后，立刻就和福尔摩斯、柯小南一起赶到了现场。看见警察到来，德里克立刻迎了上去，一脸悲伤地说："警察先生，请您一定帮我查清我女朋友的死因。"

看着德里克悲痛欲绝的样子，穆克警长忍不住也产生了几分同情。花季少女突然死去，这确实是一幕人间惨剧啊！

"德里克先生，请将事情经过告诉我们吧。"福尔摩斯说。

"今天，我和我女朋友珍妮开车出来玩。路上风沙很大，我开了一会儿后，就把车子停在了草地上，打算去河边洗洗脸。谁知，等我回来后，却发现珍妮已经死了。所以，我就赶紧报了警。"

珍妮的身体靠在椅背上，脑袋耷拉着。福尔摩斯在她的身上没有发现什么伤口，现场也非常干净，没有任何可疑的遗留物。

突然，柯小南大声喊道："老大，你快看。"

原来，他看见珍妮脖子上有一处红肿的区域，就像是被蚊子叮过后鼓起来的小包一样。在珍妮的裙子上，正好有一只死去的毒蜂。

"珍妮会不会是被出来采蜜的毒蜂蜇死的啊？"柯小南问道。

还没等福尔摩斯回答，一旁的德里克听到后，突然就大哭起来，他边哭边说："珍妮，都怪我不好，不该带你到野外，竟然害得你被毒蜂蜇死了。这都是我的错啊！"

看着这只死去的毒蜂和哭得呼天抢地的德里克，一旁的福尔摩斯陷入了沉思。

天色已晚，穆克警长决定先将珍妮的尸体带回警局。回到警局已经是深夜了，福尔摩斯、柯小南和穆克警长心情都比较沉重。正当他们准备去吃饭时，一阵凄厉的哭喊声将他们的心再次狠狠地揪了起来。原来是死者珍妮的母亲琼斯女士来警局了。

听警员向她解释了珍妮的死因后，琼斯女士的哭声更惨痛了。她悲痛地说道："珍妮不久前刚打了防过敏针，怎么还会被毒蜂蜇死呢？"听到这句话，福尔摩斯不由得一怔。他赶紧跑过去问琼斯女士是怎么回事。琼斯女士就把珍妮一周前去医院打防过敏针的事情告诉了福尔摩斯。

"小南，跟我走！"福尔摩斯喊道。柯小南知道福尔摩斯肯定是发现了什么，他二话不说，立即紧跟着福尔摩斯跑了出去。

来到医院后，福尔摩斯查看了珍妮的就医记录，发现一周前珍妮确实在这里打过针。当看到处方笺上的医师签名时，福尔摩斯不由得惊呆了。

ONE MINUTE
DETECTION

"小南，我感觉我们快找到珍妮的确切死因了。但是，我现在得先去弄清楚一件事情。"福尔摩斯说完，就一个人先走了。

将近凌晨的时候，福尔摩斯终于回来了。他直奔警局，叫上了穆克警长。赶到德里克的家中后，福尔摩斯声音洪亮地对德里克喊道："德里克先生，我们以杀害珍妮的罪名，正式逮捕你，请跟我们回去协助调查吧。你恐怕没想到，你刻意制造的毒蜂杀人的证据恰恰暴露了你杀人的罪行。"

德里克的脸立马变得苍白，一言不发地跌坐在了地上。

玩转脑细胞 >>

➡ 观察一下车内物品，你有什么发现？

➡ 德里克是医生，具备丰富的医学知识，这和珍妮的死因有联系吗？

➡ 所有蜜蜂蜇过人后，自己也会立即死去吗？

真相大白 >>

德里克才是杀害珍妮的凶手。原来，看似年轻有为的德里克曾经出过一次严重的医疗事故，治死了病人。德里克瞒住了所有人，只是对珍妮说了这件事。没想到珍妮却不停地劝德里克公布真相，给死去患者的家属一个交代。这让德里克既后悔又害怕。他担心哪天珍妮会把这件事公布出去，到那时自己就完蛋了。为了自己的前途，狠心的德里克想出了杀死珍妮的恶毒计划。作为医生，他知道如果将某种特定的动物分泌物注入人体，过后再有与此相同成分的物质进入体内，人就会出现强烈的过敏反应，从而受刺激而死。于是一周前，德里克先以打预防针为名，给珍妮注射了蜂毒，然后在下车时，又放出毒蜂。珍妮给毒蜂蜇了后，因严重的过敏而死去了。现场的一切看起来都像是毒蜂蜇死了珍妮，但是福尔摩斯最终还是找出了破绽，将德里克送上了审判席。

名侦探笔记

→ 过敏反应

症状表现　珍妮为什么被毒蜂蜇一下就死去了？这和过敏有关。

1 过敏是已免疫的机体在再次接受相同物质的刺激时所发生的反应。

2 过敏反应的特点是发作迅速、反应激烈、消退较快。

3 过敏反应如果发生在皮肤，则出现红肿、荨麻疹等症状；如果发生在消化道，则出现呕吐、腹痛、腹泻等症状。反应严重者，甚至会因支气管痉挛、窒息或过敏性休克而死亡。

过敏原　引起过敏反应的物质叫作过敏原，它分为很多种类。

1 常见的过敏原有2000～3000种，医学文献记载的有2万种。

2 过敏原可分为吸入式（如花粉、柳絮）、食入式（如牛奶、鱼虾）、接触式（如化妆品、细菌）、注射式（如青霉素）等类别。

→ 通关大秘诀

一定的医学知识 ★★★

推断受害人的死因时，往往会涉及到医学的知识。掌握一定的医学知识，对破案至关重要。正是凭借着自己掌握医学知识，福尔摩斯才查明了珍妮的真实死因。

求助专业人士 ★★★

福尔摩斯遇到自己不明白的问题，总会及时求助专业人士，这样不但能及时解开疑惑，还能节省破案时间。

➡ **玩转脑细胞线索**

嗜睡水晶球

⊙ 考古人员突发怪病，终日昏睡不起，玛雅古墓莫非真有诅咒？

⊙ 层层防范中，其他队员仍陷昏迷，诡异谜团怎样解开？

A 市博物馆受政府委托，对当地的一处古堡进行了科学考察。考古队发现，那里原来是一处古玛雅王的墓地。他们在墓地里不仅发现了大批的随葬珍宝，还找到了一具玛雅王的木乃伊。

这是一次震惊考古界的重大发现，但接下来，一连串怪事却发生了。考古队的6名成员中忽然有3个人得了怪病，每天昏睡不起，不省人事。他们病发的时候，身旁的窗户都被打碎了，地上只有一些玻璃碎片，没有其他的线索。

穆克警长接到报案后，感到案情有些棘手，便邀请福尔摩斯和柯小南协助办案。听过警长的介绍，柯小南说："这件事听起来类似图坦卡蒙的诅咒……现在那些碎玻璃在哪儿呢？"

"那些玻璃已经拿去化验了，什么可疑物质都没发现。那些碎片中除了玻璃，还有一些水晶，经过碎片还原，原来是两个水晶球。另外医生也检查了受害者的病情，结论是他们都得了典型的嗜睡症，但病因无从查考。"穆克警长说道。

"这么说，一定是有人把水晶球从窗户扔进室内摔碎后导致受害人昏迷的。"柯小南说。福尔摩斯点点头："没错，既然这是一起连环案件，可以预见，考察队的其他3人也处在危险当中，我们应该尽快通知他们离窗户远一些。"

穆克警长连忙查阅了相关资料，得知其他3个人分别是历史学家汉斯、博物馆馆长杰克逊和摄影师安迪。穆克警长首先打通了汉斯博士的电话，汉斯博士听到穆克警长的忠告后很吃惊，他说自己有一些线索要向穆克警长反应，但是在电话里讲不太方便，要马上到警察局来当面说。

10分钟后，福尔摩斯来到警察局门口迎接汉斯博士。不一会儿，一辆出租车停在了他的面前。福尔摩斯连忙上前打开车门，可眼前的景象令他大吃一惊，只见汉斯博士坐在后座上呼呼大睡，靠近他的一侧车窗没有摇上，而他的脚下又是一些碎玻璃。由于驾驶室和后座之间隔着厚厚的玻璃，所以出租车司机并不清楚后座上发生了什么情况。"你中途停车了吗？有没有遇到可疑的车辆？"福尔摩斯问出租车司机。

"我只在路口红灯处停了一下，然后听到很小的玻璃破碎的声音，不过没太在意。当时有一辆银白色的法拉利和我并排等红灯，离我特别近。"出租车司机回忆着说。

由于情况危急，穆克警长连忙把其余两个人集中到博物馆，派警力日夜守护。到了晚上，福尔摩斯、柯小南和警察们一道来到博物馆，见到了杰克逊馆长和摄影师安迪。杰克逊馆长身边还有个印第安助手，名叫奎恩。穆克警长把杰克逊和安迪分别安排在没有窗户的卧室中，门口派人把守。半夜的时候，大家忽然听到馆长的卧室里传来一声玻璃的破碎声，连忙循声跑去。只见杰克逊安详地睡在床上，地上又是一些水晶碎片。柯小南仔细地搜查了这间卧室，突然说："快上房顶，罪犯一定从那里跑了。"

"赶快分头去保护安迪。"福尔摩斯忽然想到了安迪，便对身边的警察交代道。可是安迪却不在房间里，几个警察连忙跑到门外寻找，只见一辆汽车突然

ONE MINUTE
DETECTION

启动，从院子里冲了出去。这时安迪从黑暗中灰头土脸地跑了过来，慌慌张张地说：“是奎恩干的，他偷走了玛雅王的金饰开车跑了，我追他差点没摔死。”

福尔摩斯打量了一下安迪，连忙问：“你为什么不开着你那辆银色法拉利追他？”“今天我没开那辆车来，不然他一定跑不掉的。”安迪一副懊恼的样子。

“先不忙追他，安迪，你还是先把玛雅王的金饰交出来吧。”福尔摩斯冷冷地说。安迪坚决不承认自己偷了玛雅王的金饰，这时福尔摩斯一把拉住他黑乎乎的手，说：“有个地方留下了你的手印，你要去看看吗？”安迪看着手上的脏迹，知道事情再也隐瞒不下去了，只好一五一十地交代了出来。

玩转脑细胞 >>

➡ 观察一下壁炉，你有什么发现？
➡ 安迪在哪里留下了自己的手印？

真相大白 >>

摄影师安迪看到考察队发掘出那么多宝物，便起了贪心，他计划制造一起灵异事件来掩盖盗窃的真相。在与印度人的接触中，他得到了一种神奇的秘方，这种秘方可以制造一种气体，让人睡上足足一星期而不会在现场留下任何残余。安迪把这种气体密封在水晶球里，然后扔到考古队队员身边。他利用奎恩迷信的思想，吓唬奎恩，说他们遭到了太阳神的诅咒。在馆长出事的那一刻，奎恩彻底崩溃了，完全相信了这种诅咒。安迪偷到了玛雅王的金饰，然后把馆长的车钥匙交给奎恩，让他快点逃走，以免遭到同样的惩罚。安迪企图栽赃给逃跑的奎恩，再自导自演一出自己是最后一个受害者的好戏，没想到却被福尔摩斯提前识破了。

名侦探笔记

➡ 水晶的形成及特征

水晶的形成　了解水晶的形成等相关知识，能扩展侦探的知识面。

1　水晶的生长环境，多是在地底下、岩洞中，那里要有丰富的地下水来源，水中需含有饱和的二氧化硅。

2　水晶形成的地方压力较高，温度需在550℃～600℃之间，再给予适当的时间，水晶就会结晶成六方柱状。

水晶的特征　水晶属于贵重矿石，深受人们的喜爱。

1　水晶呈无色、紫色、黄色、绿色及茶色等，有玻璃光泽，透明至半透明，质地较脆。

2　水晶晶体呈棱柱状，柱面有横纹。

➡ 通关大秘诀

灵活的应变能力 ★★★

在与嫌犯对话的过程中，不露声色地将掌握的有疑问的线索直接安在嫌犯身上，从嫌犯回答的态度中，有助于我们判断出事件的真相。福尔摩斯从汉斯博士遇害的事件中了解到嫌犯开的是银色法拉利，当他怀疑到罪犯可能是安迪的时候，以知道安迪拥有法拉利的语气问他为什么不驾车去追赶奎恩，由此验证了安迪果真拥有法拉利，从而进一步确认了自己的判断。

➡ **玩转脑细胞线索**

霸气侧漏的男子

数字密码

⊘ 富豪遭绑架，严密搜索现场，发现神秘数字串！

⊘ 神探妙解数字密码，凶手现形，引蛇出洞，实施抓捕！

侦探所里的电话响了，是汤生夫人打来的求助电话。原来，A城的富豪汤生先生被人绑架了！

事不宜迟，福尔摩斯马上带着柯小南赶到了汤生先生的乡村别墅。此时，警察还没有赶到。

看到福尔摩斯来到，汤生夫人哭哭啼啼地告诉福尔摩斯："两个小时前，我接到一个陌生人的电话，说如果希望汤生先生继续活着的话，就必须付给他二十万。接到电话，我才知道汤生被绑架了，那是昨天晚上的事。"

汤生夫人接着说："昨天我到姨妈家去了，今天上午才回家，看汤生先生不在家，我还以为他有事外出了呢！真没想到会发生这样的事情。"

"罪犯没讲过以什么方式交付赎金吗？"福尔摩斯问。

"他只是让我把二十万准备好，什么时候交钱，交到什么地方，他说会再给我打电话的。他们还说，如果我报警的话，他们就会撕票。"汤生太太抽泣着说。

福尔摩斯又询问了汤生家的仆人，仆人说："那时天色已经晚了，没看清不速之客的脸，好像有四十多岁，戴着墨镜，帽檐压得很低，但从汤生先生把来人带进书房这一点可以看出，那个人肯定是汤生先生的熟人，因为先生从来不将陌生人带进书房。"

"哎呀，你这管家怎么当的啊，家里来了什么人你都不知道？"柯小南开始责怪起管家来。

"除了主人吩咐，否则我们这些当班的是不会主动去见他的，怕影响他工作。"管家解释道。

此时，穆克警长带着一名警察赶到了。为防打草惊蛇，他们都身着便衣。在了解了大概情况后，穆克警长说："看来，罪犯是逼着汤生先生从后门出去的。朋友，你们找到什么可疑的东西没有？"

"现场没有发现什么有价值的线索，只有小南在后门口的桌子上发现的这个台历。"福尔摩斯说。

福尔摩斯把台历拿给穆克警长，接着说："从上面字迹来看，应该刚写上去不久。夫人，昨天你离开家之前，看到台历上有这些数字吗？"

"没有，汤生先生没有在台历上记事的习惯。"汤生夫人说。

"那么就说明这些数字非常重要，它们很有可能代表罪犯的名字，或是罪犯的地址。"福尔摩斯说。

"老大，要不要我用掌上电脑查一查？"柯小南说。

"不用，我心里大概已经有数了。夫人，你知道汤生先生得罪过哪些人吗？或者你提供一份可疑人员的名单给我……"

夫人很快就列了一份名单给福尔摩斯，边写还边不解地说："可是，汤生先生得罪的人不一定就是绑架者呀！"

"舒克、麦特、加森、查理……我知道是谁了。"福尔摩斯高兴地说。

正在这时，汤生夫人的电话响了，是绑架者打来的，他让汤生夫人把二十万元用塑料袋装好，在晚上八点，放在Q路邮局门口的一个垃圾箱内。汤生夫人立即应承下来。

电话挂断后，福尔摩斯对穆克警长说："警长，请您派几个人去加森先生家，在门口等待，严密监视他的一举一动。他如果出门，你们就在后面紧紧地盯着他，我和小南藏在邮局门口。到时候，你们听我的信号，大家一起行动！"

"好的，大家都注意安全。"

说完，大家就各自出发了。

晚上八点三十分，一个乞丐接近了邮局门口的垃圾箱，取出了放在里面的塑料袋，看周围没人，便快速走到另一条街上，在一辆汽车前停了下来。正在这时，穆克警长和福尔摩斯几个人从不同方向包围了汽车，车内的加森只好束手就擒了。在加森家的地下室里，警察救出了汤生先生。

玩转脑细胞 >>

➡ 看看图中台历，提取并分析所得信息，有什么发现？

➡ 为什么福尔摩斯要从汤生熟悉的人开始调查？

➡ 为什么罪犯没有直接去垃圾箱里取钱？从中能看出什么？

真相大白 >>

绑架富豪汤生的人是加森。汤生和加森是多年的好朋友，但最近两年来，加森迷上赌博，将自己多年的积蓄花个精光。汤生曾多次借钱给加森，并一再叮嘱他要迷途知返，但加森死不悔改，反而越陷越深。没有办法，汤生决定与其划清界限，但朋友有难，心地善良的汤生也不能不管。案发当天，加森又来找汤生借钱，汤生没有答应，而是苦口婆心地规劝，加森恼怒，想到了绑架汤生，要求赎金的点子，便用刀子胁迫汤生从后门出去。汤生走前留下几个数字，为破案提供了线索。

ONE MINUTE
DETECTIVE

名侦探笔记

➡ 几种简单的数字密码

本案中，富豪在被劫持前留下数字，帮助福尔摩斯破案，十分巧妙！下面我们了解一下几种简单的数字密码。

1 字母替换。这是一种最简单的密码，也就是1代表A，2代表B，以此类推，用数字对英语字母或汉语拼音进行加密。

2 日历密码。分别用M、T1、W、T2、F、S1、S2代表一周的七天，日历表上共4行，如M2代表第一行的周一，找出对应的日期（用来加密的月份已知），然后用1～26个数字代表26个字母，进而换算，得出用字母表示的密码。

3 手机密码。用手机按键的方式进行加密。如用94代表字母Z，即数字键9连揿4次，即得字母Z。

4 键盘密码。就是利用打字机、手机键盘、电脑小键盘、电话键盘等上面的字母表的排列顺序作为密码表，进行加密的一种方法。

5 此外，还有摩尔密码、凯撒密码、栅栏密码等复杂的密码，有兴趣的同学可以收集学习。

➡ 通关大秘诀

专业的密码学知识助神探巧妙破案 ★★★

作为一名侦探，各门类知识都应该有所涉猎。如本案中，在发现了特殊的数字后，福尔摩斯巧妙地将其解密为人名，顺利破案。

➡ **玩转脑细胞线索**

答案 7、8、9、10、11

死亡古堡骷髅祭

○ 凄厉惨叫，划破山区小镇的宁静夜空！

○ 连环命案，"恶魔"复活，大侦探如何智擒真凶？

八月的山区，空气清冷，远远望去，蔽日遮天的原始森林、巍峨的群山、一尘不染的湖泊，宛如仙境般美丽。绵延的盘山公路上，福尔摩斯驾驶着他那辆老式的甲壳虫，不疾不徐地行驶着。坐在副驾驶座位上的柯小南兴奋异常，忘情地欣赏着车窗外的风景。

这是柯小南早就策划好的一次旅行，利用暑假的机会和福尔摩斯一道来山区中的Q镇度假。柯小南从网络上得知，Q镇远离城市，还没有被开发，建筑古朴自然，风景异常优美。看来网络传言不假，沿途的美景已让二人无比沉醉了。

来到Q镇已是黄昏时分，福尔摩斯和柯小南住进了镇上的夜莺旅馆。吃过晚饭，他们坐在旅馆木质装修的大厅里，跟主人安妮太太闲聊着。"这里真是个好地方啊！"柯小南连连感慨。

安妮太太笑着说："当然了，我家在这里已经居住三代了。可惜这里以后要开发成木材加工基地，所有的居民都要搬到别的镇居住了，说起来还真有点舍不得呢。"

"那真是太可惜了。对了，镇上有什么特别值得游览的地方吗？"

"这里的一景一物都很美丽，除了那座建在山顶的古堡，别的地方都很值得游览。"

"哦？那座山顶古堡有什么问题吗？"

安妮太太的表情忽然变得很神秘，她小声说："那座城堡建于400年前，是赫赫有名的海盗卡尔的财产。据说卡尔死后，他的灵魂一直盘旋在古堡周围，要是有人胆敢闯入就必死无疑。但是布莱恩伯爵不信邪，购买了这座古堡，在那里平平安安地活到了80多岁。从那以后，古堡就成了布莱恩子孙后代的产业，并且一直很平静。可是近些年来，住进古堡的人没多久就死了，医生也查不出原因，于是有关海盗卡尔复活的传说开始在小镇上兴起了。特别是最近，卡尔的鬼魂每天都在那里号叫，太吓人了，镇上的好多人都吓得搬走了。"说完，她脸上流露出一副惊魂未定的神情。

夜深了，福尔摩斯和柯小南回到房间准备休息。他们刚躺下，突然听到从很远的地方传来一阵凄厉尖锐的惨叫声。声音在空旷的山野中悠然回荡，令人毛骨悚然。

第二天，福尔摩斯和柯小南来到警察局，向维德警长询问古堡的事。维德警长久闻两个侦探的大名，热情地接待了他们。维德警长说，当局也注意到了这件事情，但是在本地，古堡被视为禁区，没有警察愿意去那里调查。而且好多居民认为恶灵就要复活了，已经纷纷开始搬家了。

"那么，警长先生，我们可不可以去那里调查一下呢？"福尔摩斯对维德警长说。

"那真是求之不得，能得到你们二位这样大名鼎鼎的侦探帮助，是我们莫大的荣幸。"

走出警察局，两个侦探便向古堡出发了，经过一番跋涉，他们终于来到了古堡面前。眼前的这座古堡，因年久失修破败不堪。古堡的墙壁上斑斑驳驳，长满了苔藓。几只乌鸦在二人头顶上不停地盘旋着，好像他们闯入了它们的领地一般。

二人走进古堡大厅，那里宽敞阴森，到处都是厚厚的灰尘和蜘蛛网，虽是白

ONE MINUTE
DETECTION

天，也显得格外恐怖。大厅的角落里躺着好几具骷髅，那几具骷髅的姿势都是扭曲变形的，显然临死前都做过一番痛苦的挣扎。

在积满灰尘的地上，福尔摩斯发现了不少脚印。他蹲下身子，用放大镜仔细观察，发现这些脚印来自同一个人，而且穿的是一双登山靴。

检查完室内，他们又来到古堡外面。古堡窗前有一片爬山虎，柯小南拨开杂草，一只音箱赫然出现。"看来'卡尔'是怕人听不到自己的号叫啊。"柯小南笑着说。

福尔摩斯摸着柯小南的头，亲切地说："看到了吗，小伙子？这根本就不是什么鬼魂。"

柯小南不解地问："这会是什么人干的呢？他为什么要这么做？"

"会真相大白的。"说完，福尔摩斯从外衣口袋里掏出一个小袋子，在古堡里留下一些东西，然后带着柯小南向门外走去。

刚走到门口，柯小南又在门后发现了一张纸，交给了福尔摩斯。原来那张纸是木材加工基地的投标书。"看来事情有些眉目了。"福尔摩斯若有所思地说。二人回到Q镇警察局，维德警长连忙出来接待："辛苦二位了，这次你们有什么收获？"

福尔摩斯耸耸肩："收获不大，可能还要继续调查别的线索。"

"那我们一定会鼎力协助二位。"

"关于Q镇木材加工基地投标的事，您知道吗？"

"哦，这件事是罗德镇长直接负责的，木材加工基地也是他出资办的。"福尔摩斯眼前一亮，立即和维德警长耳语一番。

到了深夜，古堡里又传来诡异的惨叫声，让人听了直起鸡皮疙瘩。福尔摩斯、柯小南和几个警察立即驱车赶往古堡，在古堡外面埋伏起来。半个小时过去了，惨叫声终于停了下来。不久，一辆汽车从古堡的庭院里开了出来。福尔摩斯、柯小南和警察们赶紧驱车追了上去。那辆车左突右闪，渐渐地开出了追逐者的视线。

目标消失了！几个警察非常懊恼。福尔摩斯不慌不忙地问："你们知道罗德镇长住在哪里吗？"

"知道。"警察们说。

"我们现在就去他家。"福尔摩斯说。

他们按响了镇长家的门铃，不一会儿，镇长穿着睡衣，睡眼惺忪地打开大门，一脸不悦地说："这么晚了，有什么事吗？"

"我们怀疑您和古堡的惨叫声有关。"福尔摩斯镇定地说。

"开什么玩笑？我今天一直在家待着，哪儿都没去。"镇长看起来很愤怒。

"是吗？"福尔摩斯拿起客厅鞋柜里的一双登山靴，指了指上面的东西，说了一番话，镇长顿时哑口无言。

玩转脑细胞 >>

➡ 仔细观察地板，看看福尔摩斯在古堡里留下了什么东西。想一想，他为什么要留这种东西呢？

➡ 福尔摩斯从镇长的登山靴上会发现什么？

真相大白 >>

原来这一切都是罗德镇长策划的。他通过非法渠道买到了几台微型的次声波发生器，悄悄地放到了古堡的几个秘密地方，正是这些"无形杀手"导致住在古堡里的人莫名死去。到了深夜，他来到古堡，用遥控装置关闭了次声波发生器，然后用收音机放出惨厉的叫声，以此制造恐怖气氛。这样小镇上的人就会主动搬走，而他就能以极低的价格购买当地的土地，建立木材加工基地，获得巨额利润。幸运的是，福尔摩斯和柯小南在古堡里待的时间很短，身体又很健康，次声波对他们没有产生严重的伤害。

名侦探笔记

➤ 次声波的知识

次声波的特点　人耳能听到的声波频率通常在20赫兹～2万赫兹之间，我们把低于20赫兹、不能被人听到的声波称为次声波。

1 次声波来源广、传播远、穿透力强，不容易衰减。

2 某些频率的次声波由于和人体器官的振动频率相近，容易和人体器官产生共振，对人体有很强的伤害性，严重时可致人死亡。

3 在自然界中，海上风暴、火山爆发、大陨石落地、电闪雷鸣、水中漩涡、龙卷风、磁暴、极光等都可能伴有次声波的发生。

次声波的应用　次声波的应用前景十分广阔，主要有以下几个方面：

1 研究自然次声波的特性和产生机制，预测自然灾害性事件。

2 通过测定自然或人工产生的次声波在大气中传播的特性，可探测某些大规模气象过程的性质和规律。

➤ 通关大秘诀

拥有无所畏惧的勇敢精神 ★★★

侦探工作往往伴有较大的危险，不具备一定的冒险与勇敢精神显然是无法有效开展工作的。因此，要想成为一名合格的侦探，除了专业的能力外，还应具备无所畏惧的勇敢精神。故事中的福尔摩斯和柯小南不畏险阻，去传说中的"鬼堡"调查取证，最终揭开了它神秘的面纱。

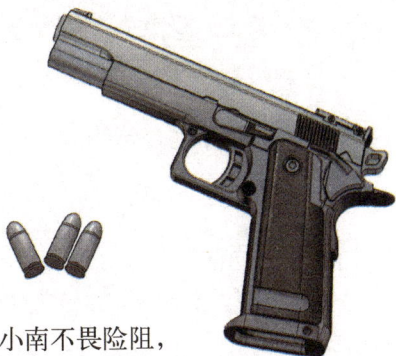

➡ 玩转脑细胞线索

士生小母珍

死亡妻子的诉说

绝命遗书，剧毒咖啡，风华正茂的少妇何以如此轻生？

丝质睡衣，美艳妆容，是谁导演了这华丽的死亡？

周日早上，欢快的鸟叫声唤醒了沉睡的人们，新的一天开始了。

穆克警长今天约了福尔摩斯和柯小南一起吃早餐，三人在市区一家有名的饭店里享用着美味的早餐，以及那惬意的时光。

就在三人快要吃完的时候，穆克警长的手机响了：

"警长，贝克先生的妻子昨晚上自杀了，请您去他家看一下。"

放下电话，穆克警长说："两位大小侦探，现在早餐也吃完了，你们是不是该帮我去查案啦！哈哈！"

"好啊！今天正好没事做，我们就和警长您一起去看看吧。"柯小南积极响应。

三人赶到现场后，发现市急救中心的医生也已经来了。约克医生告诉他们，贝克夫人的大致死亡时间是在昨晚的深夜，她是喝了掺有剧毒农药的咖啡而死的。遗书在枕头下被发现了。

"贝克夫人竟然选择用剧毒农药来结束生命，看来她求死的决心很强啊！"柯小南说。

接着，穆克警长、福尔摩斯和柯小南走进了贝克夫人的房间。房间里肃穆的气氛让人感觉有些压抑，洁白的床单显得极为耀眼。贝克夫人静静地平躺在宽大的床铺上，双眼紧闭，一脸安详。

明媚的晨光透过纱窗，温柔地倾泻在贝克夫人干净的脸上，仿佛床铺上的人只是沉睡在梦中，还未醒来一样。

穆克警长摘下了他的软呢帽。福尔摩斯走到床边，看见贝克夫人赤着双脚，身上穿着高档的丝质睡衣。她的身上看不出有任何的伤痕，似乎她真的是用自杀的方式结束了生命。

那么，贝克夫人自杀的原因是什么呢？福尔摩斯决定问一问贝克先生。

"贝克先生，您能告诉我们您的夫人为什么会自杀吗？"

自从救护人员、福尔摩斯等人到来之后，贝克先生就始终一言不发地坐在客厅的沙发上，一脸悲痛地看着大家在屋子里走来走去，仿佛这一切都跟他无关似的。直到听见福尔摩斯在叫他，他才缓缓地抬起头来。

"我想，她可能是忍受不了病痛的折磨吧！"贝克先生哽咽着说道，"我妻子患有严重的神经衰弱，睡眠很不好，情绪时而暴躁时而消沉，并且她还时不时地感觉头痛。我想她可能是受不了这样的折磨，所以才会选择自杀吧。"

"是这样啊，"福尔摩斯若有所思地点了点头，"那您能说说您是怎么发现贝克夫人自杀的吗？"

"自从我太太生病之后，她就主动和我分房睡了。昨天晚上，我加班回来，看到她还没睡，似乎还化了妆，正在煮咖啡，就叮嘱她早点休息，然后我就去睡了。没想到今早我叫她起床时，才发现她已经死了。我赶紧打电话叫来了救护员，并报了警。"

福尔摩斯拿起救护人员从枕头下找到的遗书，又让贝克先生找来了一本贝克夫人的日记，比对后发现，字迹几乎一模一样，看来遗书确实是出自贝克夫人之手。贝克夫人确实是自杀的。

原本以为会有什么内情的案子，没想到却是这么简单。福尔摩斯一时之间也不知道是该为案子庆幸，还是该替贝克夫人惋惜了。

他走到床边，看着贝克夫人那憔悴的脸上抹着细细的粉底，口红的颜色已经变得有些暗淡。接着，他的目光落到了床头乳白色的咖啡杯上。杯子里面还有残留的一点毒咖啡。

福尔摩斯拿起杯子，又看了看贝克夫人。突然，他大声喊道："贝克先生，你不要再演戏了。你的妻子根本不是自杀，而是被你毒杀的。"

听到这话，沙发上的贝克先生脸色"唰"的一下就白了。

玩转脑细胞 >>

➡ 贝克夫人死前精心化过妆，这对破案有什么启示？

➡ 睡眠不好的贝克夫人还在半夜煮咖啡喝，这可能吗？

➡ 仔细观察咖啡杯，你发现了什么？

真相大白 >>

原来，贝克先生是一名政府官员，表面上道貌岸然，实则贪婪无比，暗地里收受了大量贿赂。妻子曾经声泪俱下地劝告过他。但是他充耳不闻，依旧我行我素。眼见丈夫在欲望的泥潭里越陷越深，妻子在绝望中说出了要去告发他的话。这让贝克先生惊骇不已，丧心病狂的他想出了杀害妻子的恶毒计划。而妻子确实患有神经衰弱，以前病情严重时还试图自杀过，并留下了遗书。这就给了贝克先生一个大好的机会。周六晚上，他在咖啡里掺了剧毒农药，然后骗妻子喝下。很快，妻子就毒发身亡了。贝克先生就把她抱到了床上，然后把以前写的遗书放在了枕头下。并给妻子化了妆，制造成自杀身亡的假象。第二天，他又假装刚刚发现妻子自杀的样子，叫来了警察和医生。天理昭昭，多行不义的他最终没能逃脱法律的制裁。

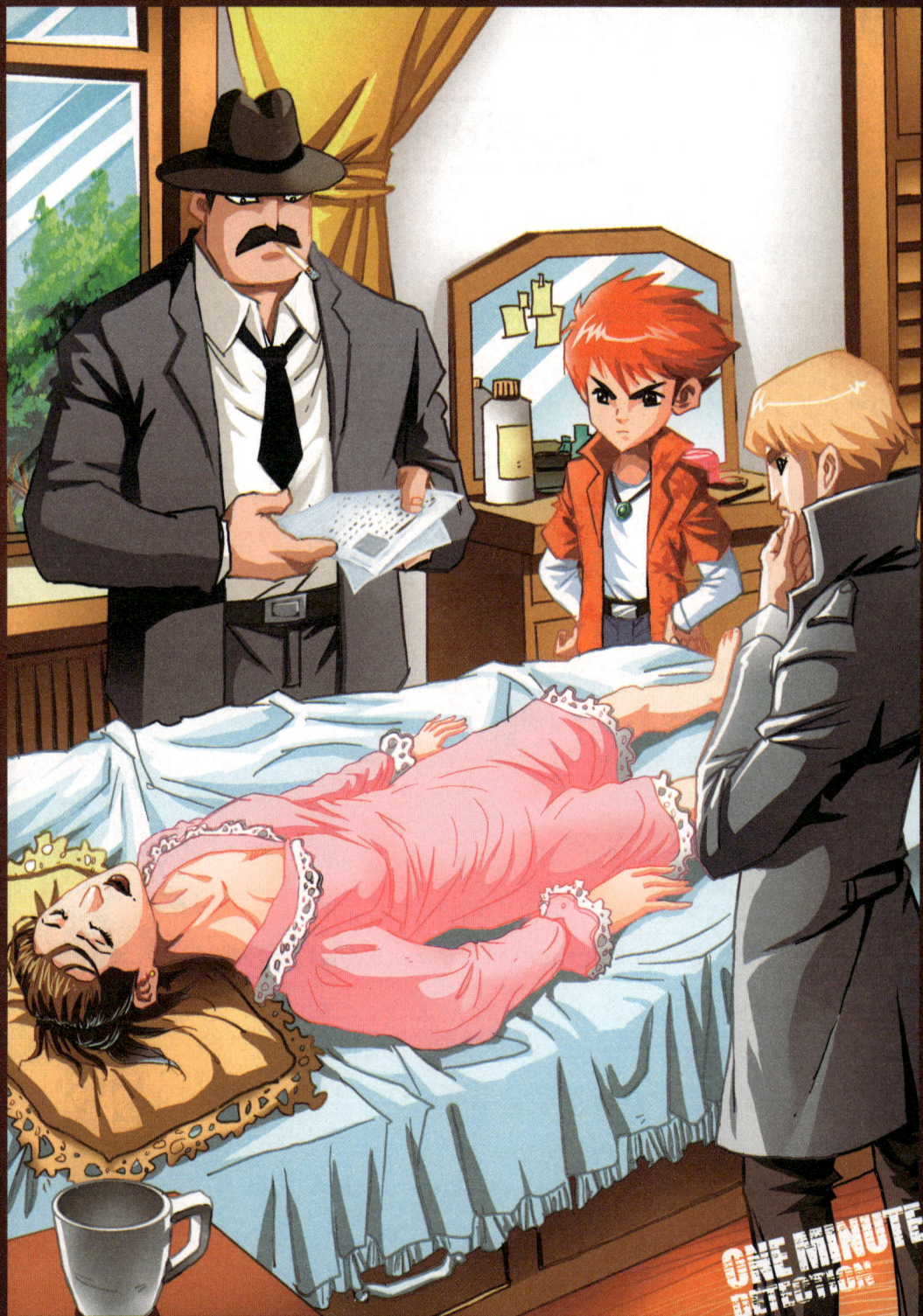

ONE MINUTE DETECTION

名侦探笔记

➡ 笔迹鉴定学

鉴定步骤　笔迹鉴定作为司法鉴定的一项重要内容，分为三个步骤。

1. 分别检验，其任务是发现和确定检材笔迹与样本笔迹各自的特征。
2. 比较检验，其任务是确定检材笔迹和样本笔迹的相同特征和不同特征，为认定提供依据。
3. 综合判定，目的是确定两份笔迹是否出自同一书写习惯。

鉴定条件　笔迹鉴定对书写工具和笔迹材料有着特殊的要求。

1. 使用的书写工具最好是钢笔或铅笔。圆珠笔和毛笔写的字不适宜用作鉴定材料。
2. 笔迹材料最好是书写者在最自然、最习惯的状态下书写的。
3. 笔迹材料上最好署有被鉴定者的签名。

➡ 通关大秘诀

熟知司法鉴定 ★★★

福尔摩斯通过比对字迹，确认了遗书是出自贝克夫人的手笔。可见，司法鉴定在刑侦中的作用巨大，能为破案提供技术上的支持和参考，侦探们应该好好了解一下。

了解化妆品的性质 ★★★

口红有很大的黏性，会在接触的物体上留下明显的痕迹。福尔摩斯正是了解了这一点，才找到了凶手的破绽。

➡ 玩转脑细胞线索

回国士顿的眼睛闪非斗

甜蜜的盗窃

◎ 展览前夕，旷世名画不翼而飞，重重压力引发深度追踪！

◎ 空空如也的画框，为何竟能指认幕后真凶？

世界知名的圣伊凡美术馆即将携带镇馆之宝——油画《天使下凡》来A市展览馆展出，A市市民将能在家门口享受一次难得的艺术盛宴。消息一经传出，全城轰动。

离展会开幕还有一天时间了，展览馆的馆长斯隆先生对这幅画也是仰慕已久。他来到展区，想提前一睹它的风采。等走到《天使下凡》的专属展区时，眼前的一切差点让他心脏病突发。

昨晚刚摆放好的油画，现在居然不翼而飞，墙上除了那个画框外，空空如也。《天使下凡》不见了！

情况紧急，明天展会就要开幕了。A市的市民们都是冲着《天使下凡》才买票的，油画不见了，怎么向市民们交代！想到这里，斯隆先生就觉得脊背发凉。

报警！冷静之后的斯隆先生立刻拨通了穆克警长的电话。案情紧急，必须在一天之内破案，否则就无法给市民们一个合理的说法。穆克警长立即通知了福尔摩斯，自己则火速赶往了展览馆。

等警长赶到展览馆时，福尔摩斯已经和柯小南提前到了。三人立即向斯隆先生询问事情的经过。

"昨晚，圣伊凡美术馆的安德鲁斯馆长亲自护送《天使下凡》到了展览馆。我们这边也安排好了相应的人手。接过名画后，我们有四名专业人员负责安放。等到名画被完美地安放好了以后，我才和安德鲁斯先生一同离开。今早，我本想提前欣赏一下这幅画，没想到却发现它不见了。"斯隆先生焦急地叙述着事情的经过。

"这么说，那四名专业人员是最后接触油画的人了？"福尔摩斯问道。

"是的，他们是专门负责安放油画的。等他们安放好了以后，任何人都不得再接触油画，直至展出结束。"

"老大，看来我们有必要询问一下那四名负责安放油画的人。"柯小南建议说。四个人很快就被叫过来了，他们分别是托尼、肯特、乔金和克里克。

"昨晚将《天使下凡》摆好以后，我们四个便在一起喝红茶。喝过茶大家就走了。我也是今早才知道油画被盗的。"托尼说。

"昨晚是谁最后离开的？"穆克警长问道。

"是我和乔金。"肯特回答道。

乔金又说道："我们刚离开展区，克里克又说他的东西忘了带走，他又返回去拿东西。"

克里克说："我的手帕忘拿了。"

"手帕？"福尔摩斯随即把目光转向了克里克，"克里克先生，您能告诉我乔金先生说的是怎么回事吗？"

"哦，"克里克镇定地回答道，"喝红茶的时候，我不小心把杯子打翻了，所以我就用手帕擦拭，放在一旁晾干，忘了带走。"

四人的证词都没什么毛病，看来只有看看现场有没有线索了。

幕墙上只剩下了那个画框还挂在那里，它是唯一的目击者，可惜不能开口说话，告诉人们是谁盗走了名画。《天使下凡》是旷世名作，配套的画框也是精美

ONE MINUTE
DETECTION

非凡。柯小南拿起放大镜细细观察了下，而后又忍不住用手摸了摸。

"发现什么了吗，小南？这画框有没有告诉你谁是窃贼啊？"福尔摩斯见柯小南看得那么仔细，忍不住问道。

"怎么可能，老大。不过我感觉画框有点黏黏的。"

"黏黏的？"三个字像电光火石一般，在福尔摩斯的脑中一闪而过。远远地，福尔摩斯发现画框上似乎有两个小黑点，走近一看后，他突然大叫起来：

"小南，这画框真的告诉我们谁是小偷了！"

然后，他转向克里克说道："克里克先生，请将你偷走的名画交出来吧！"

原先镇定自若的克里克突然脸色煞白，面带悔恨地低下了头。

玩转脑细胞 >>

➡ 本案中，谁最有作案的时间？

➡ 克里克用手帕擦过红茶，画框上无指纹，这让福尔摩斯想到了什么？

➡ 观察画框左上部分，你有什么发现？

真相大白 >>

经审讯，克里克果然就是盗走名画的人。克里克在展览馆的工作收入不是很高，但他偏偏又是个花钱如流水的人，最向往奢侈的生活。手头的收入显然不能满足他的需求。为此，他常常想着发一笔横财。接到《天使下凡》要来展出的通知后，他的心再也无法平静了。克里克深知名画就是装在画框里的支票，何况像《天使下凡》这样的世界名画，更是价值连城。

名画被送来后，克里克就和其他三人一起安放好了名画。等到大家准备离去的时候，他就趁机实施了自己的计划。没想到，福尔摩斯从画框上得到启发，找到了他作案的证据。

名侦探笔记

→ 红茶的特点与功效

红茶的特点　窃贼因为喝红茶而不小心留下了罪证，那红茶都有哪些特点呢？

1　严格说来，红茶指的是茶叶的一种加工工艺，而不是茶叶的品种。

2　红茶在加工过程中，鲜叶的化学成分变化较大，茶多酚减少了90%以上，产生了茶黄素、茶红素等新成分，因而红茶具有了红汤、红叶和香甜味醇的特征。而正是味甜的特征引来了苍蝇。

红茶的功效　帮助侦探破案的红茶本身又具有哪些功效呢？

1　红茶具有提神，使思考力集中，记忆力增强的效果。夏天喝红茶能调节体温，促进新陈代谢，维持体内生理平衡。

2　经常饮用红茶，不仅能养胃护胃，还能起到延缓衰老的作用。

→ 通关大秘诀

了解昆虫的特点 ★★★

犯罪现场经常会出现一些昆虫。而很多时候正是这些不起眼的小昆虫帮助警察侦破了案子。了解昆虫的知识，对警方快速抓住罪犯大有帮助。

联想能力强 ★★★

福尔摩斯能由两只苍蝇，联想出整个案件的过程。可见，联想能力强，对于侦探的破案工作大有帮助。

➡ **玩转脑细胞线索**

画在上的多蝇

179

亡灵的温度

◎ 荒野遗尸，难以断定的死亡时间，案件疑团重重……
◎ 意外发现，究竟是什么记录了犯罪的事实？

穆克警长连日来一直因为一件离奇的案子而闷闷不乐，由于找不到任何破案线索，他只得向福尔摩斯和柯小南求助。

一进侦探所的大门，穆克警长就脱下了厚厚的羽绒服，满脸急切地走进了福尔摩斯的办公室，对福尔摩斯说道："老兄啊，这次你可得帮帮我了！"

"怎么了？"福尔摩斯正坐在沙发上整理工作资料。

"你知道吗？W区发生了一起非常奇怪的案子。有人在W区的路边发现了一具尸体，问题是，法医推断的死亡时间竟然和死者失踪的时间不一致！"穆克警长紧张地说。

"你先别着急，坐下来慢慢说。"福尔摩斯放下手中的工作资料，起身给穆克警长倒了一杯热咖啡。

"事情是这样的，死者是一名内科医生。经过鉴定，这具尸体的死亡时间是一周前。可是，根据死者家属和病人的回忆，死者是两天前才失踪的！那天夜晚他出诊后，就再也没有回去过了。那么，根据家属的口供可以推断，他的死亡时间应该是这两天才对，可是这却和法医鉴定的死亡时间产生了矛盾，你看看，这究竟是怎么回事呢？"

"凶手完全可以更改死者的死亡时间啊！"柯小南在一旁大声说道。

"可是现在的天气这么冷，而且从尸体的变化情况来看，凶手确实不可能在如此短的时间里就让尸体腐烂得达到死亡一周的状态。"穆克警长在一旁解释说。

"尸体上有没有什么可疑的地方？比如勒痕之类的？"福尔摩斯喝了一口水后说。

"对，经过检查，我们发现尸体上存在多处严重骨折，从受伤情况来看，应该是被小汽车撞伤的。"

"你刚刚说死者家属提供的死者失踪时间大概是几点？"柯小南在一旁急忙问道。

"死者从病人家里出来时，大约是晚上12点了。"穆克警长回忆道。

"你们调查过死者的社会关系了吗？"柯小南又问。

"调查过了，死者为人热心、善良，有时还经常免费为贫困家庭看病，因此，在社会上也没有结下什么仇怨。此外，在家庭中，他孝顺长辈，家庭关系也处理得很好。所以，我们排除了他人谋杀的可能性。"穆克警长说。

听到这儿，福尔摩斯放下了手中的水杯，对穆克警长说："请立即调查一下W区开车的人，看他们之中是否有既喜欢喝酒，又受过较高教育的人。"

"难道是一起交通事故，有人酒后驾车撞死了受害者？"柯小南问。

"没错，有这个可能。对了，我们现在能去一趟发现尸体的地点吗？我想检查一下现场，或许凶手遗忘了某些东西，这会给我们提供破案线索！"

当他们赶到现场后，立即分头对周围展开了调查。

很快，附近一个池塘边的皮包引起了柯小南的注意，他赶紧叫来福尔摩斯和穆克警长。

这确实是一个重大发现。

经过确认，这个皮包是医疗包，而且正是死者的。包里的各种医用工具依然还在，钱包里的现金财物也没有被翻动的痕迹，可见，这个凶手并不是见财起意。不过，皮包里的一个体温计还是引起了福尔摩斯的注意。

"老大，这个体温计有些异常。你看，它的温度竟然显示的是42℃！"柯小南无比惊讶地说。

"没错。"福尔摩斯一动不动地盯着体温计，过了一会儿，他转过身对穆克警长说："穆克警长，请你调查一下死者最后诊治的那个病人，看他当晚有没有发烧过。"

"刚刚我已经让人打过电话了，病人说当晚并没有发烧。也没有测量过体温。"

"这就说明体温计上显示的温度并不是病人的。"柯小南若有所思地说。

"嗯，我知道了……"福尔摩斯说道。

就在这个时候，警察局的人又打来了电话，说他们已经按照福尔摩斯的要求找到了一个名叫伯尔的人，这人的家境不错，接受过中等教育，而且非常喜欢喝酒。

听到这儿，福尔摩斯立即站起身来，要求前往伯尔家进行调查。很快，他们就来到伯尔家的大门口。

刚进门，一股刺鼻的汽油味儿就迎面扑来。福尔摩斯不由得皱了一下眉头，然后问道："先生，请问你家为什么有这么浓的汽油味儿？"

"哦，我前几天买了一点汽油回家，你也知道，最近汽油价格涨得厉害，能存一点是一点嘛！"伯尔不好意思地笑了笑。

福尔摩斯没有理会伯尔，而是径直走进伯尔的客厅，只见客厅的壁炉里还烧着火。

"因为天气实在是太冷了，我总觉得屋里的暖气不够暖和，就自己在家里烧了炉火。"伯尔看福尔摩斯一言不发地盯着壁炉，便主动解释说。

福尔摩斯听完，只是笑了笑，然后转身面向伯尔，对他说道："看来事情已经非常明显了，伯尔，你就是那个杀人凶手，现在，请和穆克警长一起回警局协助调查吧！"

玩转脑细胞 >>

➡ 请仔细观察一下福尔摩斯面前的医疗包，看这里边究竟隐藏着什么样的重要破案线索呢？

➡ 伯尔真的只是为了储存汽油才大量购买汽油的吗？

➡ 福尔摩斯为什么一看到燃烧的壁炉就说伯尔是杀人凶手呢？

真相大白 >>

在穆克警长的严厉审讯下，伯尔终于承认了自己就是杀人凶手的事实。

原来，在事发当晚，伯尔和同事们一起聚餐了。因为刚刚谈成了一大笔生意，所以他们都很高兴，又加上伯尔本来就喜欢喝酒，因此，在不知不觉之中，伯尔就喝过了头，而且到了很晚才从酒吧里跌跌撞撞地走出来。

在严重醉酒的状态下，伯尔开着车子，飞快地奔驰在W区的小路上。就在这个时候，受害者背着医疗包从病人的家里走出来。当晚，受害者是接到了一个急诊电话，便在深夜去了病人家，在遇害前，他刚刚出诊结束，正准备回家好好休息，没想到却丧命在伯尔的快车之下。

ONE MINUTE
DETECTION

名侦探笔记

➡ 体温计的工作原理

体温计的主要工作物质是水银，当体温计离开人体后，水银会记录曾经测量过的最高温度，并且不会退回管底。

1 当体温计接触到人体后，管内的水银受热会膨胀上升。当水银的温度与人体的体温平衡时，水银便会停止膨胀。

2 测量一定时间后，将体温计抽离人体。水银遇冷收缩，体温计的狭窄部分自动断开，已经升到水银柱里的水银不会退下去，而是停留在原处，这样，人们就可以根据水银的高度来判断人体的温度了。

3 使用完体温计后，必须大力往下甩动体温计才能使水银柱里的水银下滑至液泡里，从而不影响下次继续使用。

➡ 通关大秘诀

具备一定的医学常识 ★★★

体温计记录温度成为破案关键。当福尔摩斯发现体温计上显示的温度后，便立即将温度和凶手伪造死亡时间联系起来，从而推测出凶手改变死亡时间的手法。因此，了解一定的医学常识也是很有必要的。

实地调查的办案态度 ★★★

在调查案件的时候，福尔摩斯并没有根据穆克警长的描述随便判案，而是必须到现场亲自调查之后才作出推测，同学们，这可是作为一个侦探所必备的基本办案态度哦！

➡ **玩转脑细胞线索**

图片为后期添加内容

亡命赌徒

◎ 赌徒钱财尽失，自杀身亡，案情是否果真如此明了？

◎ 现场忽现神秘证据，如何帮助大侦探破解死亡疑云？

夏日的早晨，湖边公园鸟语花香，林子里晨雾蒙蒙。一位早起的老爷爷牵着狗来湖边散步，他一边走一边哼着小曲，沿着小路向一片小树林走去。那里是他每天的锻炼场所。当他走到树林里的草地上时，突然发现那里躺着一个男子，男子的身边还放着一个易拉罐。

"一定是个醉汉！得想法把他弄醒，不然这样睡会生病的。"老爷爷一边想，一边朝男子走了过去。

到了那人身前，老爷爷吓了一跳，只见倒在草坪上的人脸色惨白，身体僵硬，已经死去多时了。"啊！"老爷爷吓得大叫一声，一下子跌坐在地，半天才爬起来。

这时，来公园散步的人多了起来，老爷爷连忙喊人过来，大家一起向警察报了案。没过多久，穆克警长带着警察赶到了案发现场，随后，福尔摩斯和柯小南也赶了过来。

两个侦探仔细地检查了现场，他们发现死者的屁股下面还垫着一方手帕，好像死前是坐在手帕上面的，周围的草地上没有发现挣扎过的痕迹。死者旁边放着一听可乐，上面有指纹，里面还有半听液体。福尔摩斯检查了死者的衣服口袋，从那里找到了一个纸条和一个钱包。

纸条上写着："我把借来的钱全都赌输了，我的生活全被毁掉了。我不敢面对债主，也不敢面对家人，也许死亡是我唯一敢面对的。"落款是"杰克"。

福尔摩斯打开死者的钱包，在里面找到了一张驾驶执照。驾照上显示，死者的确叫杰克，但并不是本地人，而是来自B城。

"这个公园是远近闻名的'自杀圣地'，每年都会有很多自杀者来这里寻短见，看样子这个人也是慕名而来的吧。"柯小南看着死者的驾照，叹了口气说。

勘查完现场，警员们把尸体装进一个大口袋中运走了。当警察们把尸体抬开后，福尔摩斯突然有了一个惊人的发现，便对穆克警长说："杰克一定不是自杀，这里也不是死亡现场，一定是有人把尸体移到了这里。"

"为什么这样说呢？"柯小南很纳闷。福尔摩斯随后说了一番话，大家听了都信服地点了点头。

尸体检验报告很快就出来了。死者的死亡时间是昨天下午2点左右，死因是氰化物中毒，死者身边的半瓶液体是可乐，但里面掺有大量的氰化钾。死者口腔内有高浓度的氰化钾残留，易拉罐上的指纹是死者的，没有发现其他人的指纹。

看到这个报告，福尔摩斯陷入了沉思。随后他找到穆克警长，说："既然杰克来自B城，看能不能找到他在A城的落脚处，我想再查查其他线索。"

穆克警长接受了福尔摩斯的建议，马上派人去网络数据库中查找死者的信息。不一会儿，警察回来报告说3天前杰克在花香宾馆开了一间房，现在还没有结账。得知这个消息，福尔摩斯和柯小南立即赶往花香宾馆。

花香宾馆紧邻湖边公园。来到宾馆大厅，福尔摩斯向服务员出示了杰克的照

ONE MINUTE
DETECTIVE

片，服务员看了看说："这个人3天前订了房间，而且前天还有一个人也住了进去，这个人是他的朋友，名叫汤姆，也是来自B城。"

"你昨天最后看到杰克是在什么时间？"

"好像是中午，他跟汤姆在一起，之后就没见到他了。"

"汤姆现在还在房间里吗？"

"昨晚11点多，他说有要紧事要赶回去，拉着一个大箱子就出去了。"

回到警察局，福尔摩斯向穆克警长报告了侦查结果："关于杰克的死，可以肯定这是一起谋杀案，B城的汤姆是犯罪嫌疑人，请尽快联系B城警方将他逮捕归案。"

玩转脑细胞 >>

➡ 观察一下草地，你发现什么可疑的地方了吗？

➡ 福尔摩斯为什么断定中午和死者在一起的汤姆是凶手呢？

真相大白 >>

杰克是个赌徒，他曾经向放高利贷的汤姆借了一大笔钱去赌博，结果输个精光。害怕被逼债的杰克只好选择逃亡，当他逃到A城落脚后，汤姆从杰克母亲的口中骗出了他的下落，随后赶来。可是虽然找到了杰克，但杰克表示自己已经身无分文，根本无力偿还债务。杰克的赖债态度激怒了汤姆，他决定杀死杰克。中午，他请杰克喝了一顿，之后二人回到宾馆房间，汤姆拿掺了氰化钾的可乐让杰克喝，毫无防备的杰克刚喝了几口便倒地身亡了。而汤姆伪造了遗书，到了晚上把杰克装进箱子里，开车运到湖边公园的僻静处，制造了自杀假象后便逃之夭夭了。

名侦探笔记

夜来香的知识

习性特征　了解植物的习性特征，对案件的侦破大有帮助。

1 夜来香多生长在林地或灌木丛中，喜欢温暖湿润、阳光充足、通风良好的环境。

2 夜来香耐旱、耐瘠，但是不耐涝，不耐寒。

3 夜来香在冬季结果，但要求温度不能低于5℃。

开花时间　福尔摩斯知道夜来香的开花时间，由此断定死者不是自杀。

1 夜来香的花期很长，从5月到10月陆续开花。

2 夜来香在夜间开花，花香浓郁，但是到了第二天早上花就谢了。这是因为，夜来香是依靠夜间出现的飞蛾传粉繁殖后代的。在黑夜里，夜来香凭着它散发出来的强烈香气，引诱飞蛾前来拜访，为它传送花粉。夜来香在夜间开放是它对环境的一种适应。

通关大秘诀

掌握丰富的植物学知识 ★★★

如果福尔摩斯不了解夜来香的开花时间，就无法得出案发现场不是死亡现场的结论，而这恰恰是侦破此案的关键。可见，要想成为一名优秀的侦探，丰富的植物学知识同样必不可少。

➡ **玩转脑细胞线索**

夜来香下方的尸体

舞台索命奇案

◎ 舞台剧场，女尸从天而降，索命者是人是神？

◎ 封闭密室，馆长离奇身亡，连环命案如何破解？

穆克警长在一次大规模的缉毒行动中得到了一条重要线索，A城流通的毒品中有一部分来源指向航空公司的空姐尼娜。经调查，尼娜的另一个身份是A城艺术剧院的兼职演员。为了得到确凿的证据，穆克警长委托福尔摩斯和柯小南前去调查。

这家艺术剧院里有不少油画、雕塑等展品，每天还上演着精彩的舞台剧。

这天，福尔摩斯和柯小南赶在舞台剧开始前，以观众的身份来到了剧场。从节目单上看，尼娜扮演的爱神将在第三个节目中出场。不一会儿，演出开始了。令人意想不到的是，轮到尼娜出场时，一具女尸竟然从天而降。现场顿时一片惊叫，观众们开始四处逃散，演员们则吓得站在台上一动不动。

福尔摩斯上前仔细辨认，发现死者正是空姐尼娜。她穿着华丽的白色纱裙，脖子上缠着一条长围巾，围巾的两端湿漉漉的，上面有一些白色的晶体。裙子的一角有一张字条，上面写着"神将惩罚亵渎他的人"。随后，福尔摩斯找到依然惊慌不已的舞台总监，亮出了自己的身份，并让他控制住剧场的工作人员，谁都不许走。柯小南则立即通知了警方。

经过仔细检查，福尔摩斯发现，原来有人早就将尸体放到了舞台上方的灯架上，并用干冰将尸体脖子上的围巾固定在灯架上。等演出开始后，舞台灯光的热度融化了干冰，尸体便从灯架上掉落下来。可是这会是谁干的呢？

据了解，这场表演时间很短，参与者不多。除了舞台总监和死去的尼娜外，还有3个兼职演员。其中吉姆是馆长秘书，正在追求尼娜；丽塔是负责管理蜡像的；哈里斯和尼娜一样是外聘的演员。

不久，博物馆馆长马丁先生闻讯赶了过来。他对尼娜的死很是震惊，听完现场的介绍后，便说不太舒服离开了。这时，穆克警长他们还没有赶到，福尔摩斯便和柯小南去展厅观看蜡像。

当他们走出展厅，准备去馆长办公室的时候，忽然听见一声凄厉的惨叫声从前方传来。福尔摩斯和柯小南连忙向前跑去，只见外面的走廊上，吉姆在用力地敲着门。"是馆长的声音，办公室的门在里面反锁了。"吉姆焦急地说。

丽塔和舞台总监也循声赶来，最后赶来的是哈里斯。大家一起撞开门，这才发现馆长已经死在了办公室里。

不一会儿，穆克警长带着几个警察赶了过来，控制住了现场的所有人。福尔摩斯仔细地检查着馆长的办公室，只见那里有一尊海神波塞冬的全身石膏像，而原本海神的手里拿着的三叉戟却插在了馆长的胸口，伤口看起来不深，但直刺心脏。办公室的窗子打开着，窗上的防盗钢筋完好无损，窗子外就是花园，探出手就能摸到屋外树木的枝条。福尔摩斯还注意到，地上有一方白色的手帕，掉落在尸体和窗户之间的地板上。这间密室里没有搏斗痕迹，看起来就像是海神自己举起三叉戟刺死了馆长。

福尔摩斯询问了在场所有人的口供。舞台总监说，当时他正在后台整理道具，听到声音才跑了出来。

ONE MINUTE
DETECTION

吉姆说，当时他在馆长办公室，馆长进来的时候心情很不好，把他赶了出去。他刚走到展厅门口，忽然听见馆长在里面大声惨叫，就连忙跑回去敲门。

丽塔说，她正在展厅里发呆，福尔摩斯应该能看到她，因为他跟柯小南那时也在展厅。她发呆是因为尼娜的死太突然了，她还说，她发现尼娜头上的一方白手帕不见了。

哈里斯说，他当时独自在化妆间里待着，没人能够作证。

福尔摩斯思考着众人的证词，并注视着案发现场的平面图。最后，他斩钉截铁地说："这两起案件肯定是同一个人所为，这个人就是吉姆。"

玩转脑细胞 >>

➡ 仔细观察墙上的平面图，你有什么发现？

➡ 馆长死亡时办公室是一间密室，只可以将手伸出窗外，由此你能作出什么判断？

真相大白 >>

馆长的另一个身份是毒品贩子，他经常利用尼娜空姐的身份帮他偷运毒品。对于这一切，馆长的秘书吉姆知道得清清楚楚。当吉姆向尼娜表白的时候，遭到了尼娜无情的拒绝。吉姆把这一切都归罪于毒品。在绝望之下，他便对尼娜起了杀意。吉姆对走私毒品的馆长也非常憎恶，因此他在杀死尼娜后又将馆长办公室里海神拿着的三叉戟取下，顺着窗户把叉柄伸到花园中，然后用白色手帕盖住叉头，使其与周围墙壁颜色一致。馆长进来时心神不宁，在赶走吉姆后并没有注意到用白色手帕覆盖着的叉头。吉姆走到花园里，从窗外喊馆长。馆长来到窗前，吉姆便亮出叉头刺死了馆长，之后吉姆连忙跑到馆长办公室门前敲门。

名侦探笔记

→ 希腊神话及对神的信仰

希腊神话 口头或文字上有关古希腊人的神、英雄、自然和宇宙历史的神话。

1 希腊神话或传说大多来源于古希腊文学。神话故事最初都由口耳相传，直至公元前7世纪才由大诗人荷马整理记录于《荷马史诗》中。

2 希腊神话包括神的故事和英雄传说两个部分。神的故事涉及宇宙和人类的起源、神的产生及其谱系等内容。英雄传说起源于对祖先的崇拜，其主人公大都是神与人的后代，是半神半人的英雄。

对神的信仰 希腊神话中有对神的崇拜和祭祀。

1 古希腊城邦的统治者都称自己是宙斯或其他神的子孙，神庙遍布希腊各地。

2 在古希腊，每年的1月末祭祀雅典娜，秋季则祭祀酒神狄俄倪索斯，另外还祭祀阿波罗等。每4年对宙斯有一次祭祀。

→ 通关大秘诀

研究房屋布局 ★★★

作为一名优秀的侦探，在勘查现场时，一定会注意房屋布局。通过研究房屋布局，侦探往往会有意外的收获。就像本案中的福尔摩斯，他在听取几个嫌疑人的口供后，通过分析房屋布局，很快便确定谁是真凶。

➡ 玩转脑细胞线索

凶手为么会和图片之间有一条通道

夏日里的阴谋

○ 妙龄女惨死家中，凶手狡猾无比，不留蛛丝马迹！

○ 嫌疑人齐聚警局，供词扑朔迷离，真相谁能揭开？

夏日的一个夜晚，26岁的版权代理人米娅小姐在家里遇害了。接到报案后，穆克警长带着几个警察立即赶往现场，福尔摩斯和柯小南也赶了过去。

经法医检查，断定死者是在昨晚9点左右被人用刀捅死的。凶手非常狡猾，没有在现场留下任何蛛丝马迹。现场只有一个带有指纹的水杯放在茶几上，而上面的指纹却是被害人自己的。警察走访了米娅的邻居，可是结果很令人失望，没有一个目击者见到有人出入过米娅小姐的房间。

案情似乎陷入了僵局。就当大家马上结束勘查现场的时候，柯小南却意外地从米娅小姐的书架上发现了一本日历，上面明确地记载着事发当天她要见的三个人：琳达、皮特和路易斯。被害人这种严谨的生活习惯，使案情的进展顿时豁然开朗了。

得到这个线索后，警方立即对这三个人展开了调查。琳达是畅销书作者，她跟米娅有着长期的合作关系。以往她的书销量很低，所以版税一直不高。但是几个月前，她的新作问世后意外大卖，可是版税仍然和以前一样。估计她看着米娅用她的书大赚特赚，心里一定很不满。

印刷厂负责人皮特是个精明的商人，跟米娅也有着长期的合作关系。这次米娅在他那里印刷了大量的书籍，可是款项一直没有结清，皮特想必也很生气。

路易斯是米娅的前夫，他和米娅的经济关系更加复杂，他们离婚时因为财产分割问题还对簿公堂了，至今仍然有理不清的财产纠纷。

很快，警方联系到了这三个人，并要求他们午后到警察局来协助调查。

最先到达警察局的是印刷厂负责人皮特。面对警方的询问，皮特很激动，他大声说："我是无辜的！没错，昨晚我在8点20分左右去米娅家找过她，不过我们谈的全是生意上的事。我的确很生气，因为她东拉西扯就是不提还我钱的事。她给我倒了一杯加冰的苏打水，我没喝就走了。我没有理由因为这个杀她，这样对我的生意一点好处也没有，我还指望她在我那儿继续印书呢。"

随后赶到警察局的是米娅的前夫路易斯。得知米娅遇害的消息，路易斯悲从中来："我和米娅虽然离婚了，但我们仍然是好朋友，我经常去她那里找她。昨晚我在7点半左右去过她家，她给我倒了一杯温水。当时她看起来情绪非常低落，我安慰了她一会儿，连水也没喝就走了，没想到却发生了这样的悲剧。"说完，路易斯竟痛哭起来。

最后赶来的是作家琳达。她承认昨晚去过米娅家，但她似乎很害怕，浑身颤抖着，说话时差点哭出来："我是去过米娅家，但她被人杀死这件事可与我无关。我只会写作，不要说杀人这种事，就是小虫子我也不敢弄死。昨天晚上8点左右，我去找米娅讨论重新签订版税合同的事，没有涉及其他的问题。她还给我倒了一杯冰镇松仁茶，我因为还有其他约会，只待了5分钟就走了，水也没顾得上喝。"

听完三个人的陈述，穆克警长感到很茫然，一时无法作出判断。这三个人

ONE MINUTE
DETECTION

中，一个是直率的商人，一个是爱着前妻的丈夫，还有一个是胆小的女作家，他们似乎都没有足够的杀人动机。更重要的是，现场没有留下任何线索，这可怎么办呢？

穆克警长只好求助于福尔摩斯。福尔摩斯听完后沉思了一会儿，问道："案发的那天晚上，我记得很热，大约有37℃，是吗？"穆克警长回忆了一下，果然是这样。

福尔摩斯接着又说："这三个人虽然都不承认杀死了人，但是结合案发现场玻璃杯上的指纹，还是能知道谁是最后见米娅的那个人，也就是凶手。"

"哦？那凶手是谁呢？"

"路易斯。"

玩转脑细胞 >>

➡ 观察水杯上的指纹，你能发现什么线索？

➡ 想一想，米娅为三个客人倒的水最大的不同是什么？

真相大白 >>

路易斯跟米娅离婚后，无意中发现在分割财产前米娅隐瞒并转移了一大笔钱，于是路易斯便三天两头地来找米娅，想要回属于自己的那份财产。但米娅以法庭已经分割完毕为由，一再拒绝路易斯的要求。恼羞成怒的路易斯决定找米娅最后谈判一次，如果谈不成就杀了她。案发的那天晚上，路易斯来找米娅，为了不在现场留下指纹，他还特意带上了手套。结果谈判依旧破裂。怒不可遏的路易斯趁米娅不备，用刀捅死了她。检查完现场，路易斯自认为没留下什么痕迹，就逃之夭夭了。

名侦探笔记

→ 故意杀人罪与过失致人死亡罪

故意杀人罪　故事中的路易斯犯了故意杀人罪。故意杀人罪有以下特征：

1 犯人在主观上有非法剥夺他人生命的故意，即明知自己的行为会发生导致他人死亡的后果，但是希望或者放任这种结果的发生。

2 剥夺他人生命的行为必须是非法的。执行死刑、正当防卫均不构成故意杀人罪。

过失致人死亡罪　过失致人死亡罪有以下特征：

1 行为人具有致人死亡的行为；客观上必须发生了致人死亡的结果；行为人的过失行为与被害人的死亡结果之间有因果关系。

2 本罪在犯罪主观上的表现为过失，包括过于自信的过失和疏忽大意的过失两种，该过失是针对死亡结果而言。

→ 通关大秘诀

识别事物之间的因果关系 ★★★

任何事物的存在，总会与其他事物发生着这样或那样的关系。只有弄清楚线索之间的前因后果，才可能作出正确的推断。本案中，福尔摩斯正是抓住指纹和饮料之间的因果关系，才顺利破获了这件棘手的案子。

➡ 玩转脑细胞线索

找及死亡猫咪

显微镜下的神秘证词

⊘ 丈夫意外失踪，尸体难寻，证据藏于何处？

⊘ 汽车上的活证据、玻璃瓶里的秘密，令罪犯无言以对。

夏日的一个午后，盖尔夫人神色慌张地闯进了警察局："穆克警长，我丈夫失踪了……""别着急，夫人。坐下慢慢把详细情况讲一下吧。"穆克警长说着，给盖尔夫人端来一杯水。"是这样的，警长先生。"盖尔夫人顾不上喝水，急切地说，"一星期前，我丈夫和他的朋友克洛德先生驾车一起外出旅行。今天中午，克洛德先生回来了，可我的丈夫……也许永远也回不来了。"说着说着，盖尔夫人不觉伤心地掉下了眼泪。穆克警长一边安慰盖尔夫人，一边说："也许情况没有你想象的那么糟。好了，夫人，现在就请你带我们去克洛德先生家了解一下情况吧。"

片刻工夫，警员们就敲开了克洛德先生的家门。克洛德先生见一下子来了这么多人，一时有些紧张。搞明白警方的来意后，他定了定神，说："这件事我也觉得很奇怪。我们是沿着萨维尔河旅行的。三天前，我们住在当地一家'阳光旅馆'的同一间房子里，盖尔先生告诉我他要出去办点事。谁知，过了三天他也没有回旅馆，我只好自己回来了。他到底上哪儿去了，我也不知道。"

穆克警长立刻派人到克洛德先生所说的旅馆附近分头寻找，可是一天过去了，一点儿线索也没有。警方估计，盖尔先生可能已经被人杀害，要侦破此案，必须先找到被害者的尸体。于是，警方派出直升机到"阳光旅馆"附近的山林里去侦查，又动用汽艇到萨维尔河里打捞，可是仍然一无所获。没有办法，穆克警长只好去找福尔摩斯和柯小南。

柯小南听完穆克警长的介绍后，信心十足地说："根据我的判断，被害人一定是在一个十分隐蔽的地方遇害的，而度假的人一般不会只身到偏僻的地方去，必定是和好友一起去那里玩的。这样看来，克洛德是本案的重大嫌疑人。"穆克警长叹了口气说："话是没错。可克洛德矢口否认和此案有关。既无人证，又无物证，甚至连死者的尸体都找不到，我们又能拿他怎么办呢？"福尔摩斯说："那就麻烦警长再和我们一起去拜访一下克洛德先生，看看有没有什么新的线索。"

福尔摩斯走进克洛德的家门，院子里的一辆越野车引起了他的注意。"克洛德先生，这辆车就是你和盖尔先生出游时开的吗？"福尔摩斯问。克洛德不明白福尔摩斯的意思，便如实说："是啊，福尔摩斯先生。你看，我这两天实在太忙了，竟一直没顾得上清洗。车子太脏了，让您见笑了。"柯小南撇了撇嘴，道："是够脏的，瞧这些泥点子，你们开到水里去了啊？"克洛德的脸上浮现出一丝不易觉察的慌乱，解释道："你知道，那两天下雨，路面难免泥泞。"福尔摩斯没有说话，只是看了看车子的雨刷器，不动声色地拿出一个小瓶子，从雨刷器上收集了一些什么东西。然后，他转身对柯小南低声说："把这些东西拿去化验一下。"柯小南走后，福尔摩斯和穆克警长又随便问了克洛德一些问题，就离开了。

化验结果很快出来了，福尔摩斯拿着结果去请教了一位生物学家后，对穆克警长说："老朋友，被害者的尸体在萨维尔河南部的森林里，你快带人去找吧。"警员们立刻驱车赶往南部森林。一路颠簸，终于在密林深处的一块水洼地里发现了一具男尸。死者的脖子上有几条紫色伤痕，显然，死者是被凶手用绳子勒死的。经盖尔夫人辨认，这确实是她丈夫的尸体。

穆克警长立刻下令逮捕克洛德。克洛德大声抗辩，穆克警长厉声喝道："克洛德，收起你的鬼把戏吧。是你把你的朋友盖尔先生骗到萨维尔河南部的森林里杀害了，还不把你的犯罪经过从实招来！"　克洛德冷笑道："警长先生，你说我杀了人，拿出证据来啊！否则我要告你私闯民宅！"　"好！都死到临头了还嘴硬，我就让你看看证据。"穆克警长说着，拿出了一个小玻璃瓶，"证人就在这里面，也许它可以让你放老实点。"

玩转脑细胞 >>

➡ 盖尔先生失踪了，你觉得本案的最大嫌疑人是谁？你这样判断的依据是什么？

➡ 看一看车子上的雨刷器，你看到了什么？想想看，这些东西能成为指证克洛德先生有罪的证据吗？

真相大白 >>

在穆克警长的陈述下，克洛德无话可说，终于承认了自己的罪行。原来，这次和克洛德一起出来旅游，盖尔怕路上钱不够，将有巨额资产的银行卡带在了身上。一路上，盖尔对克洛德毫不设防，还经常把"不用担心钱，我这卡里有好几百万呢"这样的话挂在嘴边。一次，在旅馆住宿刷卡时，克洛德无意间看到了盖尔输入的密码。于是，克洛德恶从心头起，谎称和盖尔一起开车去密林猎奇，将盖尔骗到萨维尔河南部的森林里勒死，并弃尸水洼。他本以为这件案子做得天衣无缝，任谁也找不到对他不利的证据。没想到，雨刷器上的花粉泄了密。

ONE MINUTE
DETECTION

名侦探笔记

花粉中的信息

花粉是裸子植物和被子植物的繁殖器官，体积很小，要借助显微镜才能看清其结构。

1 不同种植物，花粉的形状也不同。根据花粉的形状大小、对称性和极性、花粉壁的结构以及表面雕纹等，可以鉴定植物的科、属和种。

2 多数植物的花粉容易收集，保存相当长时间而不失去活力。

特定区域的植物

不同的区域会生长一些特定的植物，如果犯罪嫌疑人身上的花种信息与犯罪现场的植物相匹配，就能断定嫌疑人曾在犯罪现场出现过。

1 亚马孙平原的代表性植物有香科、楝科、樟科、夹竹桃科等树种。

2 西双版纳的代表性植物有榕树、望天树、苏铁、棕榈、山茶花等。

3 日本富士山地区的代表性植物有樱花、枫叶、香叶草等。

通关大秘诀

让活证据"说话" ★★★

在嫌疑犯的衣服上或者嫌疑犯所驾驶的汽车上发现的种子、花粉等活证据，可以有效地帮助我们鉴定出犯罪嫌疑人曾经去过哪里，从而把他和犯罪现场联系起来。本案中，福尔摩斯正是通过搜集犯罪嫌疑人汽车上的花粉，从而把他和萨维尔河南部的森林联系起来，最终将罪犯绳之以法的。

➡ **玩转脑细胞线索**

花粉

人间蒸发的小偷

◎ **当无价之宝遭遇绝世神偷，其命运将何去何从？**

◎ **戒备森严，却难防梁上君子，秘密究竟是什么？**

"丽莎，快通知一下福尔摩斯，我们这边出了一件大案子！"穆克警长打完电话，便继续投入案子的调查中。

这个时候，福尔摩斯正在和柯小南一起整理工作资料，丽莎走进来跟他们说明了情况。

"好的，我知道了，我们马上过去。"说完，两个人简单地收拾了一下文件，就急忙向穆克警长所说的地方赶去。

一到H区，福尔摩斯就接到了穆克警长的电话。

"你们到哪儿了？快一点过来，案子比较紧急。"穆克警长焦急万分地说。

福尔摩斯刚下车，就被穆克警长拉进了案发现场。

"这是一起盗窃案，丢失的东西可谓无价之宝啊。"穆克警长介绍说，"那是号称全球最完美的钻石——'欧洲之星'，昨晚却在H区的展览馆里被盗了。"

"哦，我听说过那颗钻石。"福尔摩斯说。

"没错，哪怕展馆做了再严密的防备，却还是被偷了。"

"展馆做了哪些防盗措施？"柯小南问。

"为了迎接这颗钻石，展馆可是作足了准备。你看，展厅里安装了好几个红外线监控系统。在非展出的时间里，只要有人进展厅，敏锐的红外线就会立即察觉到那个人，然后在监控录像上清晰地显示出那个人的面貌。应该说，展厅里的防盗系统做得还是比较好的。"穆克警长回答说。

"那就是说监控录像拍摄到小偷了？"

"没有，不过事实上，警卫们抓到过他，这就是这件案子蹊跷的地方。"穆克警长有些闷闷不乐地说。

"发生了什么？"

"是这样的，小偷趁警卫们都睡着的时候，在深夜来到展厅。据我们推断，小偷是在进入展厅之前，先用夜视镜仔仔细细地观察了一下展厅，然后确定了红外线发射仪的位置。接着，他便用小镜子快速地挡在了发射仪前面，这就让发射仪发射出来的红外线被反射了回去，小偷就是利用这个方法将所有的红外线挡回去的。就这样，红外线就变成了一个个'瞎子'，根本发挥不了作用。当小偷来到展柜前面的时候，尽管他很快就破解了展柜的密码，但还是忽视了一点——钻石下面装有压力感应系统，这就是警卫们会发现小偷的原因。"

"没错，既然都被发现了，但钻石为什么还是丢失了呢？"

"哎，只能怪警卫们没有警惕性。当警卫们发现他的时候，他已经将钻石拿出来准备逃走了。警卫们全副武装，命令他将身上所有的物品都交出来，你知道吗？他连钥匙都拿了出来，可以说，当时他的身上完全没有任何武器或是工具了。"穆克警长停了一会儿，继续说，"就在警卫们要求小偷将钻石放回原处的时候，小偷突然一下子钻进了展柜，然后高高地举起用来展示钻石的花岗岩底座，他想砸碎钻石。这一举动可吓坏了警卫们。他们经过一番简单的讨论后，决定直接把小偷关进展柜，然后等待第二天我们来抓他。当他们按下遥控开关时，小偷当场就傻眼了。所有的警卫都是亲眼看着小偷被关进展柜的，可是等到第二天让我们过来抓人时，却发现小偷竟然将展柜的玻璃给划开了，而且还带着钻石逃走了。"

"我想看看那个展柜。"福尔摩斯说。

"你看，这就是小偷划过的痕迹，你说他是怎么办到的？身上没有任何工具，他到底是怎么逃走的呢？难道是使用魔法了？"穆克警长疑惑万分。

"不，他不会魔法！其实他逃出来的方法非常简单，只是我们忽视了这个简单的道理而已。"看过展柜后，福尔摩斯淡淡地说。

玩转脑细胞 >>

➡ 仔细观察一下小偷手中的钻石，想想它究竟和本案有什么关系呢？你知道钻石有哪些特性吗？

➡ 为什么当福尔摩斯看到划痕后便知道小偷是如何逃走的了？

真相大白 >>

原来这个小偷在很早的时候就接到消息，了解到这颗钻石即将在本市展出。为了偷到钻石，他作足了准备，不仅多次去展厅观察，而且还在家反复研究抵挡红外线的方法和破解展柜密码的技巧。

终于迎来了钻石到达的这天，第一天的展出活动结束后，他明白所有的警卫都疲惫不堪，一定会放松警惕。因此，他一直等到了深夜，确定了所有的警卫都睡着之后，便悄悄地溜进了展区。

眼看着就要得手了，不料却疏于最后一步，当交出所有的工具之后，他虽然被锁进了展柜，但凭借着最后一丝技巧，他成功地从展柜中逃脱出来。

尽管他偷走了钻石，但天网恢恢疏而不漏，警察最终还是根据警卫们的记忆和指证，将他捉拿归案，绳之以法。

ONE MINUTE
DETECTION

名侦探笔记

→ 钻石的价值

钻石又称金刚石，是世界上公认的最昂贵的宝石之一，具有很高的收藏价值和经济价值。

1 钻石在世界上被誉为"宝石之王"，是目前人类发现的硬度最大的物质。

世界上的钻石主要生产国有南非、澳大利亚、安哥拉和刚果等。另外，中国、委内瑞拉、圭亚那等国也有钻石产出。

2 评价一颗钻石的价值大小，主要从颜色、切工、重量以及净度几个方面着手。

钻石除加工成首饰外，由于它的坚硬、高密度等特性，还被广泛应用于工业中，比如切割玻璃等。

→ 通关大秘诀

拥有灵活变通的能力 ★★★

当所有人都找不到破案头绪的时候，福尔摩斯灵活应变，快速作出反应，重新寻找突破口，最终找到了众人都忽视的作案手法，从而破解了此案。

熟悉物品的各种用途 ★★★

在本案中，福尔摩斯根据钻石的用途和应用，最终找到了小偷的作案手法。由此可见，我们在平时也应该学会关注生活中的细节，注意积累各种常识。

➡ 玩转脑细胞线索

转几下门上的钥匙锁

血染火车站

○ 黑衣贵妇，病重老人，他们究竟有什么可疑之处？

○ 血染火车站，是一场意外，还是蓄谋已久……

夏天来了，福尔摩斯和柯小南正计划着去F城度假。这天，他们终于安排出了时间，正在去往火车站的路上。

这个火车站可以说是国内最繁华的火车站之一，每天都有不计其数的旅客从这里经过。今天，福尔摩斯和柯小南也出现在了拥挤的人群之中。一想到F城清新的空气和美好的风景，柯小南就抑制不住兴奋，心早已飘到九霄云外了。

"不好意思，麻烦让一让，谢谢了。"身后传来一个妇女的声音。福尔摩斯连忙转身，并让出道路。只见那是一位穿着黑色裙子的妇人，她正小心翼翼地推着一个轮椅向这边走来。轮椅上坐着一个面色苍白的老人，那老人只是一动不动地蜷缩在椅子里，脸上没有任何表情。

"请问有什么能够帮到你的吗？"福尔摩斯礼貌地问。

"哦，不用了，谢谢你。"妇人只是婉言拒绝，接着，她又叹了一口气，说："这位是我的老父亲，得了老年痴呆症，又瘫痪一年多了，我现在正准备带他去F城看病，也不知道能不能治好。"

听完妇人的讲述，福尔摩斯彬彬有礼地说："夫人，你是说去F城吗？正巧，我们也准备去那里，要是有需要帮忙的话，我们可以结伴而行，我们一定会尽力效劳的。"

"真的不用了，我一个人没问题的，真的谢谢你们的好意。"妇人再次拒绝，说完，她便向前推动轮椅，慢慢地消失在了茫茫人海之中。望着妇人远去的背影，福尔摩斯忽然觉得有些地方不对劲，可又说不上是哪里不对。这时，柯小南提醒说火车就要进站了，他才缓过神，和柯小南一起向前走去。

转眼间，开车的时间就要到了，福尔摩斯看着不远处的火车正快速驶来，他弯下腰，提起了所有的行李。

就在这个时候，一声尖锐的刹车声响遍整个车站。随着刹车器和铁轨摩擦产生的刺眼火花，列车在轨道上慢慢地停了下来，接着又发出一阵刺耳的声响。

突然，几个旅客开始无比惊恐地尖叫起来，福尔摩斯和柯小南立即放下行李，快速向着尖叫的地方跑去。

当他们赶到事发地点的时候，发现刚刚和他们碰面的那个妇人正瘫坐在地上，哭得撕心裂肺。一旁的铁轨上血迹斑斑，轮椅倒在一旁。

原来，就在火车进站的那一刻，轮椅突然掉进了铁轨，司机根本来不及刹车，而那个可怜的老人就这么掉进了快速运转的车轮下，当场死亡。

妇人跪在地上，悲痛不已，她一边不停地拍打着自己的脸，一边指着火车破口大骂。周围有许多人试图安慰她，但她始终不能平静下来，而且越来越激动。

福尔摩斯看了一眼现场，便连忙给穆克警长打了电话。挂断电话后，福尔摩斯便蹲下身子，向妇人了解情况。

只见那个妇人断断续续地哭诉道："我刚刚一直在候车台上等车，你也是可以作证的，对吧？可谁想到，就在我这么好端端地等车的时候，突然有一阵强劲的气流向我扑来，这股气流太强大，竟然将我向后推了出去……结果……因为我没有站稳，所以一下子跌倒了，而我父亲的轮椅就顿时失去了控制，然后滑进了轨道……接着……天啊……都是这该死的火车站台，我要告他们，究竟是怎么设计火车站的……"

众人听完妇人的哭诉后，纷纷开始责备起火车站来，有的还流下了眼泪，唯独福尔摩斯一言不发地站在一边，他只是看了看火车站台，然后淡淡地说："夫人，很抱歉，我不知道你为什么要说谎，但是请耐心等待穆克警长过来吧！"

玩转脑细胞 >>

➡ 观察一下站台上的旅客，你有什么发现呢？看看这和本案究竟有什么关系呢？

➡ 比较一下这对父女和其他等车的乘客有什么不同之处呢？

➡ 当火车开动时，火车周围的气流方向究竟是怎样的呢？

真相大白 >>

当穆克警长赶到现场时，福尔摩斯已经指出了妇人的破绽，铁证如山，妇人只好承认了自己的犯罪事实，并从头到尾地向穆克警长交代了作案动机。

原来，妇人的父亲原本有一个养女，那个养女心地善良，又十分感念养父的养育之恩，便对他非常孝顺。后来，父亲得了老年痴呆症，养女很心疼，对其更是百般照顾，可父亲的亲生女儿却经常挑剔和抱怨老人。

不久，妇人从老人的律师那儿得知老人准备在死后将所有的财产都交给养女。得知此事后，妇人不由得心生恨意，便趁着养女出门为老人买药的时间，将老人带到了火车站……

Mosbach-

ONE MINUTE
DETECTION

名侦探笔记

列车风

当列车在快速行驶的时候，由于会产生列车风，因此，人应该和列车保持一定的安全距离。

1 列车风是列车在行驶的过程中，带动了周边的空气流动，从而形成的空气流。

2 由于空气具有一定的黏性，当列车在快速行驶的时候，空气会依附在列车表面一起运动，这时，在列车的周围就会形成一个强大的低气压，这个低气压会作用在列车周围的物体上。因此，当人站在行驶中的列车旁时，强大的气流将会把人卷到列车附近，这将严重威胁到人的生命安全。这就是我们为什么在等候列车的时候，要站在安全线以内或是与列车保持一定距离的原因了。

通关大秘诀

敏锐的直觉 ★★★

当福尔摩斯初次碰到妇人时，他便敏锐地发现妇人竟然什么行李也没带就去看病，这是很可疑的，这也成为后来福尔摩斯指证妇人的一个有力证据。

敢于质疑的态度 ★★★

当众人都被妇人的谎言所蒙骗时，福尔摩斯大胆地质疑，最终揭穿了她的谎言。因此，对一个侦探来说，敢于质疑的态度也是很重要的。

➡ **玩转脑细胞线索**

列车风原理求推

血色森林

◎ 突发死亡，是竞争者残忍谋杀，还是另有其人？

◎ 最有力的不在场证明，到底是不是事情真相？

十月一个秋高气爽的午后，福尔摩斯和柯小南正在活动室里打篮球，那是他们共同爱好的体育运动。就在他们准备离开活动室的时候，秘书丽莎一路小跑过来。

"老大，刚刚接到一个案子，市中心的一栋公寓里发生了一起凶杀案，死者是一名银行的女职员，名叫塔拉卡。"

"好的，我知道了，小南，赶紧拿上车钥匙，我们直接到案发现场去。"福尔摩斯擦了擦汗，拿起衣服快步走出活动室。

半个小时后，福尔摩斯和柯小南赶到了现场。穆克警长早已对现场展开了调查。

"我们已经检查过公寓了，屋里既没有被翻找过的痕迹，又没有打斗过的迹象。但尸体上有许多树叶，凶手应该是在某个森林里行凶后，再将尸体运回公寓的。"穆克警长介绍道。

"穆克警长，关于死者的社会关系已经调查过了吗？"柯小南问道。

"嗯，死者的父母早就不在人世了，她也没有兄弟姐妹，自己一个人在这个大城市生活，因此工作非常拼命。我仔细调查了一下她的人际关系，根据她的同事们说，塔拉卡平时为人非常友善，是一个很好相处的人，但唯独有一个女同事和她关系很不好，那个女同事叫爱比尔。两个人是职场上的竞争对手，经常在工作中你追我赶，所以，根据目前所掌握的线索推断，我们觉得爱比尔的作案动机最大。"

"能调查一下爱比尔的情况吗？"福尔摩斯问。

"是的，我们在询问她们的同事时，听到了同事对爱比尔为人的评价。他们说爱比尔经常仗着自己在公司里工作了好几年，又加上上司对她的器重，便总是对身边的同事挑三拣四、不屑一顾。可当优秀的塔拉卡进入公司后，就成了她的强劲对手，于是，爱比尔便经常在背后用卑鄙的手段打击她。"

"好的，我知道了，那我们现在就去见见这个爱比尔。"福尔摩斯说。

当爱比尔打开房门见到福尔摩斯、柯小南，还有穆克警长时，她就有些不高兴，又听说了他们的来意之后，她的脸色立即就变了，还怒气冲冲地对着福尔摩斯大声嚷嚷道："我已经说过了，塔拉卡的死和我毫不相关，告诉你们，我们虽然是竞争对手，但我可犯不上去杀害她弄脏我的手！"

"爱比尔小姐，请你配合警方的调查，好吗？"穆克警长有些不高兴地说。

"配合调查也可以，但是你们可不能空口无凭，光凭别人的一些说辞就胡乱冤枉好人！我听说了，塔拉卡是下午死的，对吧？我可告诉你们，我有不在场的证明！那天下午天气很好，我就去郊外拍照片了，不信的话，我还可以把照片拿给你们看！"说着，爱比尔走进房间，找出了几张照片。

"你们看，就是这些照片，都是我那天下午大概3点多的时候拍的。你们好好看看，我说的每一句话都是有根有据的，这可是证据确凿啊，我那天根本没有见过塔拉卡，更没有机会去杀她！"爱比尔盛气凌人地说。

福尔摩斯和柯小南接过照片，两个人拿着照片仔细地看了一会儿，然后几乎异口同声地说："不，你撒谎了！这张照片并不是下午拍的，你的不在场证明不能成立！"

玩转脑细胞 >>

➡ 仔细观察一下福尔摩斯手中的照片，看看照片上树木的年轮隐藏着什么重要的破案线索呢？

➡ 福尔摩斯和柯小南是通过什么依据来判定照片的拍摄时间不是下午的呢？

真相大白 >>

原来，杀死塔拉卡的凶手正是爱比尔。

当福尔摩斯和柯小南拿出证据时，爱比尔的脸色一下子变得惨白，尽管她一再试图为自己辩解，但终于无济于事。在穆克警长的严厉审讯下，她瘫坐在地，抱头痛哭起来。

爱比尔的人缘原本是不错的，而最重要的是，上司在工作上也非常器重她，好几次都想让她升职，眼看着就要成功升职了，可这一切却随着塔拉卡的到来而发生了改变。

塔拉卡进入公司之后，凭借着自己的年轻、漂亮和亲和力，赢得了不少同事的好感，又加上她工作卖力，不到一年的时间，就为公司签下了久谈不下的一大笔生意，为公司带来了巨大的效益。

眼见着塔拉卡越来越出色，而自己却慢慢地被比了下去，爱比尔很不甘心，便不由得心生嫉妒，终于在得知塔拉卡被确定要升职的那天残忍地杀害了她。

ONE MINUTE
DETECTION

名侦探笔记

➜ 年轮

树木的横断面上长着一圈一圈的印痕，每年都会增加一圈，这就是树木的年轮。

1 树木朝阳的部分能够接触到更多的阳光，生长的速度就比阴面部分要快一些，所以朝阳部分的年轮就会比较宽疏。而阴面的生长速度就相对缓慢，因此年轮就会密集一点。

2 年轮不仅记录了树木的生长时间，而且还能记录树木生长时周围的气候、环境等情况。为目前的考古学、生物学的研究提供了许多极具价值的线索。

➜ 通关大秘诀

了解一定的植物学知识 ★★★

凭借对树木年轮生长情况的了解，福尔摩斯和柯小南当即断定爱比尔在撒谎。同学们，看来了解植物学的知识对破案也是很有帮助的呀！同学们在平时的学习、阅读中也要加强这些方面的学习哦！

用事实说话的判案态度 ★★★

尽管爱比尔的作案动机已经非常明显了，但是福尔摩斯并没有就此断定她就是杀人凶手，直至找到了证据后，他才作出判断。作为一个侦探，不能凭借自己的想象随意判案，用事实说话才是一个负责的侦探所应有的态度。

➡ **玩转脑细胞线索**

连霉齿轮的断向部面轮年

血色十字街

目击者众说纷纭，多种说法谁真谁假？

肇事者矢口抵赖，雨中汽车揭露了怎样的真相？

西蒙尼是个赛车手，由于职业习惯，平时他在公路上开车也经常超速行驶，为此他没少交违章罚款。不过由于技术高超，他并没有出过交通事故。

这天天气很不好，天空灰蒙蒙的，还下着小雨。西蒙尼从赛车场出来后心里挺别扭，因为他今天的比赛发挥得不太好，只是第7位冲过终点。"这鬼天气。"西蒙尼喃喃自语着，他回想着比赛时被别人一次次超过的情景，越想越气，禁不住脚下猛踩油门。

公路上的车不是很多，西蒙尼的越野车发出巨大的轰鸣声呼啸而来。此时的车速已经接近每小时150千米了，但对于还沉浸在比赛中的西蒙尼来说，这不过是兜风一样的速度。他似乎忘记自己是在公路上了，还在不断地加速。

但这里毕竟不是赛场，甚至也不是封闭的高速公路。就在前面的一个十字路口，一个打着雨伞的老年人正在缓慢地穿过斑马线。就在他走到马路中间的时候，他突然发现西蒙尼的越野车从远处飞奔而来。老人顿时惊慌失措，一下子呆住了。

眼疾手快的西蒙尼发现了站在路中间的老人，可是以他当时的车速要想刹住车是不太可能的。伴随着尖锐的刹车声，西蒙尼的车仍然飞快地向老人冲去，西蒙尼感觉自己都要被安全带勒死了，情急之下他拉起了手刹。

若在平时，对这种非常规的刹车动作西蒙尼还是有信心做好的，可是在这倒霉的雨天，湿滑的路面使这辆已经横过来的越野车仍然向老人撞去。"砰！"西蒙尼的车尾重重地撞到了老人身上，老人瞬间就被撞飞了出去。"砰！"又是一下，老人重重地摔在了路面上，一动不动了。慢慢地，老人的头下流出了一大摊血迹。

西蒙尼吓坏了，脑子里一片空白，握着方向盘的双手不住地颤抖着。看了一眼远处的老人，他赶紧发动了汽车，迅速逃离了现场。西蒙尼把车停在了自己家的院子里，然后下车检查了一下撞人的车尾，发现没有任何碰撞的痕迹。"真是好车。"西蒙尼感到这是自己这倒霉一天里唯一值得庆幸的了。他跑进屋里找到一把刀，刺破了汽车的轮胎后便去洗澡了。

被撞的老人当场身亡。当福尔摩斯和柯小南跟着警察来到事发现场的时候，小雨还没停。但那里已经围着好多人了，大家对这种肇事逃逸的行为纷纷表示愤慨。

"这个路口没有监视器，谁能告诉我事发时的时间吗？"福尔摩斯向在场的人询问道。

"是下午4点零8分。"一个老太太说道。

"不对，是下午3点40分。我当时还看了表呢。"一个年轻人说。

"你们都说错了，那时是下午4点15分。"马路旁边的商店老板也掺和了进来。

"那时应该是下午3点53分。"一个小姑娘说。

一下子得到了这么多答案，福尔摩斯一时有些不知所措。柯小南灵机一动，说："把你们的表给我看看。"一看之下，柯小南发现他们的表没有一块是准的。有的慢25分钟，有的快10分钟，有的快3分钟，还有的慢12分钟。

ONE MINUTE
DETECTION

"谢谢你们，你们说的时间是一样的。"柯小南对大家说。柯小南很快便计算出了准确时间，然后告诉了福尔摩斯。

随后，有人向警方报告了他看到的肇事车辆的品牌和车牌号码。很快，几个警察、福尔摩斯和柯小南便找到了西蒙尼的住处，他们在院子里看到了肇事车。

"西蒙尼，有人看到你驾驶着这辆车在4点零5分的时候撞到了一位老人。"福尔摩斯开门见山地对西蒙尼说。

"不可能！我的车昨天就爆胎了，一直停在那儿。"

福尔摩斯仔细地查看了汽车，只见一个轮胎果然破了，这样的汽车是没办法开的。他又围着汽车上下打量了一番，然后对西蒙尼说："你编的谎话太愚蠢了，有什么话你还是对法官说吧。"

玩转脑细胞 >>

➡ 观察一下地面积水情况，看看福尔摩斯究竟发现了什么证据。

➡ 柯小南是怎么计算出案发时间的？

真相大白 >>

西蒙尼将老人撞倒后，为了逃脱法律的制裁，立即逃离现场。他以为把轮胎刺破，再把谎话编得圆满一些，就能骗过警察。即便有目击者看到他的车牌号，他也打算拒不承认，坚称老人死时自己没在现场。可惜面对睿智的福尔摩斯，他还是打错了算盘。福尔摩斯只看了看车底，就知道他在说谎，随即戳穿了他的谎言。至于案发时间，其实计算方法很简单，从最快的手表（4点15分）中减去提前的时间（10分钟），或者用最慢的手表（3点40分）加上推后的时间（慢25分钟）就可以了，这样就能算出案发时间是4点零5分。

名侦探笔记

→ 正确处理交通事故

大多数人在遇到交通事故后，往往会手足无措。由于应对处理不当，可能会造成不必要的人身和财产损失。

1 发生交通事故后，应拨打122通知交警来到现场，在交警未到前尽量不要移动车辆，注意保持现场的完整性。

2 因交通事故造成人身伤亡的，应当立即抢救伤员，并迅速报告给交通警察或者公安机关交通管理部门。因抢救受伤人员变动现场的，应当标明位置。

3 深夜在偏僻地带遇到了交通事故，不要急着下车，应紧锁车门，观察现场，再看清楚对方有多少人，及时拨打交通报警电话或110求助。

4 车辆发生交通事故后逃逸的，事故现场目击人员和其他知情人员应当向公安机关交通管理部门或者交通警察举报。

→ 通关大秘诀

不放过微小的细节 ★★★

办案时，破案人员一定要有严谨的工作作风，不放过任何微小的细节，因为这些细节往往就是案件的突破口。本案中，西蒙尼的话似乎毫无破绽，但是福尔摩斯看到车底下也是湿的，便知道他说了谎。

➡ **玩转脑细胞线索**

摸摸对方的车头才是热的

一封神秘的恐吓信

◯ 甜美夜晚，遭遇死亡烈焰，时装设计师为何葬身火海？

◯ 目标锁定，嫌疑人却遭遇勒索者，是巧合还是预谋？

喧闹的大街逐渐变得安静，主干道上的车子越来越少。疲惫的人们都在这时候进入了梦乡。他们期待能睡一个安稳觉。

"不好啦！着火啦！"

明珠大厦二十楼的居民们被这恐怖的喊叫声给惊醒了。来不及思考，他们纷纷穿着睡衣，拉开房门，跑向了走廊。浓烟正从二〇〇二号公寓里冒出来。公寓里住着黛西和时装设计师爱丽丝。

黛西在走廊上一边爬一边喊道："快救命啊！爱丽丝还在她的房间里面呢。"可是，走廊里的居民们已经是自顾不暇了，哪里还有救人的心思呢。况且火势太猛，冲进去救人已经是不可能的了。

下面楼层的居民发现了火情，及时打电话叫来了消防车。消防队员们迅速控制了火势。由于逃跑得及时，居民们都安然无恙。只有可怜的爱丽丝被烧死在了房间里。

扑灭了大火后，穆克警长立即带领警员们来调查火灾起因。法医随即对爱丽丝进行了尸体鉴定。爱丽丝的尸体并没有被焚烧得太严重，法医检查时，发现她的胸口有很深的刀伤。看来，爱丽丝在火灾发生前已经被人刺死了。

火是从爱丽丝和黛西的房间燃起来的，穆克警长带领警员们在房间里仔细勘查起来。很快，他们就有了重大发现。他们在地上找到了一个用发条做成的定时引火装置的残骸。看来，凶手在杀死爱丽丝后，又在房间里纵火，意图毁灭证据。如果不是发现得及时，那整栋楼的居民都将和已经死去的爱丽丝一起葬身火海。如此残忍的犯罪行为，让穆克警长和侥幸逃生的居民们愤怒不已。

为了尽快破案，平息居民们的愤怒，穆克警长请来了福尔摩斯和柯小南。

了解了案情后，福尔摩斯说："凶手杀人必定是出于某种目的，现在的当务之急是找出有作案动机的人，然后再一一排除。"

"老大，凶手能进入爱丽丝小姐的房间里杀死她，可见，凶手是认识爱丽丝小姐的。我们不妨从死者身边的人开始排查吧！"

柯小南的建议得到了大家的一致同意，穆克警长让大家开始分头行动，收集资料。很快，一份和死者认识的人员名单就出来了。当然，黛西小姐也被包括在内。

一番排除之后，嫌疑落到了爱丽丝的同事韦恩身上。福尔摩斯等人迅速赶到了韦恩的家中，此时离案发不过三个小时。韦恩听穆克警长说明来意后，一脸苦笑地说："也难怪你们会怀疑我了，其实，我也是受害者。"

见大家一脸茫然，韦恩拿出一封信："你们看，我刚收到一封恐吓信，写信人自称是他杀死了爱丽丝，还说下一个目标就是我。"

福尔摩斯接过来一看，信上的字迹很潦草。写信人说韦恩和爱丽丝都是骗子，两人剽窃了他的创意，还不知廉耻地声称是自己的原创，所以他才杀了爱丽丝。而他的下一个目标就是韦恩。假如韦恩不想死，就准备好五十万元现金，到第五大街地铁站前等候。

根据法医的鉴定，爱丽丝被害的时间是凌晨一点钟。而黛西小姐是一点半才回到明珠大厦的。至于韦恩，由于他是一个人居住，所以他缺乏不在场的证据，嫌疑很大。

福尔摩斯看了看这封恐吓信，又从头到尾默读了一遍。突然，他像想起了什么似的，大声说道："韦恩先生，你自以为做得很漂亮，但是没想到恰恰是这封恐吓信让你露出了狐狸尾巴。"然后，福尔摩斯就让警察抓住韦恩。

韦恩大声反抗，说自己是无辜的。福尔摩斯说出原因，他立刻哑口无言了。

玩转脑细胞 >>

➡ 韦恩缺乏不在场的证据，这暗含着哪些可能？

➡ 案发后三小时，韦恩就收到了恐吓信，这正常吗？

➡ 仔细观察福尔摩斯手上的信纸，你有什么发现？

真相大白 >>

韦恩的确就是杀害爱丽丝的凶手。

韦恩和爱丽丝同在一家时装设计公司工作。韦恩比爱丽丝先到公司，并很快成为了公司的首席设计师。可是，爱丽丝进入公司后，深得领导的赏识，设计出的作品为公司赢得了巨额的利润。自然而然，爱丽丝就取代了韦恩，成为公司新的首席设计师了。妒忌心很强的韦恩无法忍受爱丽丝夺走自己首席设计师的位置，因而对她恨之入骨。

案发当晚，韦恩借故来到爱丽丝的寓所。没有防备的爱丽丝热情地把韦恩请进了房间。韦恩毫不犹豫地杀死了爱丽丝。为了毁灭证据，丧心病狂的他还在现场留下了定时引火装置。待他走出大楼后，引火装置点燃了大火。他本以为自己做得天衣无缝，但是福尔摩斯一眼就看出了他的致命破绽，杀人凶手终究还是无法逃脱法律的制裁。

ONE MINUTE
DETECTION

名侦探笔记

➡ 火灾逃生

歹毒的凶手在杀死爱丽丝后，企图放火烧毁证据。幸亏居民们具备了逃生的知识，才幸免于难。

1 每个人对自己学习、生活和工作的建筑物的结构和逃生路径都要做到了如指掌，这样在发生火灾时就不会走投无路。

2 当发生火灾时，如果火苗不是很大，应充分利用消防器材，扑灭小火，从而避免酿成大灾。

3 面对浓烟和大火，一定要保持镇定，迅速判断危险地点和安全地点，决定好逃生办法后，要尽快撤离。

4 撤离火灾现场时，不要站立，要匍匐前进，因为靠近地面的地方还有残余的新鲜空气。

5 善用阳台、天台、落水管等求生通道，千万不可乘坐电梯。

➡ 通关大秘诀

对时间的敏感性 ★★★

狡猾的罪犯往往会制造一些伪证，以证明自己的清白，但是常常会在时间上犯错误，使自己露出马脚。韦恩自以为伪造的恐吓信能迷惑警方，但是没想到却把日期弄错了，这种明显的时间错误自然逃不过福尔摩斯的法眼。可见，作为优秀的侦探，一定要对时间特别敏感，这往往会成为破案的关键。

➡ **玩转脑细胞线索**

4月31日下午6点

隐形谋杀案

○ 雨后初晴，地产大亨散步草坪，却为何要用长刀结束生命？

○ 用人要救人，管家却要保护现场，他意欲何为？

干旱许久的A市迎来了一场狂暴的夏雨。从傍晚开始，大雨断断续续地下了一整夜，连日来积聚的暑热被一扫而空。

第二天一早，大雨终于停了。雨后的清晨，空气分外清新。地产大亨摩根一夜无眠，又像往常一样到花园里散步。最近生意上的事情搅得他心烦意乱。

管家布莱恩立刻向摩根问早安。摩根在进花园之前，特意叮嘱了布莱恩："我要在花园里想一些生意上的事情，不要让任何人来打扰我。"说完，摩根就走进花园去了。

转眼就到午饭时间了，摩根还没从花园里出来。布莱恩感觉有些不对劲，摩根虽然经常在花园里散步。但从没像今天这样，到了中午还不出来。

想到这里，布莱恩立刻叫上用人和他一起到花园里查看。等走到花园边时，两人惊讶地发现，摩根仰面倒在草地上，一动不动，鲜血浸透了身边的草地。

"天哪！老爷这是怎么啦？"用人吓得惊慌失措，忍不住大叫起来。接着，他立刻想要跑去查看情况。但是布莱恩一把拉住了他，说道："别动，老爷死因不明，我们应该先保护好现场，然后报警，等待警察来处理。"

听布莱恩这么一说，吓得六神无主的用人才惊魂稍定。连忙跑进客厅，拨通了报警电话。

穆克警长听警员汇报了情况后，感觉案情不一般。于是，他随即联络了福尔摩斯，请他和自己一起前往现场。

赶到现场后，法医首先给死者做了鉴定。摩根死了大约有3个小时了，一把长刀刺穿了他的胸部。鲜血染红了身下的草坪。

刑侦人员经过现场勘查，在草坪上采集到了摩根的脚印。但令人奇怪的是，他们只采集到了摩根一个人的脚印。也就是说，从早上到现在，整个草坪上都只有摩根一个人。

"凶手会不会是用什么方法掩盖了自己的脚印呢？"柯小南好奇地问道。

"这不可能。"福尔摩斯说，"昨晚下过一整夜的大雨，泥土十分湿润，只要有人来过草坪，泥土就会忠实地记录下他的脚印。这一点是无法掩盖的。"

"从目前的情况来看，摩根应该是自杀的。"穆克警长分析说，"因为从他倒下的地方到草丛边缘有5米左右的距离，凶手是不可能隔着这么远的距离刺死摩根的。"

穆克警长刚说完，一直在旁边默不吭声的管家突然说道："我觉得警长的分析很有道理。老爷最近的生意状况很不乐观。每次遇到问题，他都喜欢到草坪上散步。我们以为他会像以前那样，散散步就能想开。没想到，他这次竟然选择了这条路……"

福尔摩斯对摩根也有所耳闻。在生意场上，摩根有着"打不死"的称号，况且，摩根还有一个不满五岁的儿子。一个这样的人，为什么会被生意上的一点挫折击垮，而选择自杀呢？

想到这儿，福尔摩斯忍不住走到摩根面前，细细地观察起他来。摩根伤口的血液早已凝固，脸上却还依旧保持着惊恐的神情。

ONE MINUTE
DETECTION

接着，福尔摩斯把视线转移到摩根胸口的那把长刀上。这是一把笔直的刀，狭长的刀身上没有任何弧度，刀刃锋利。看着这把夺去摩根生命的长刀，福尔摩斯忽然感觉有些异样。这时，他站起身来，向用人问道："这段时间，草坪附近还有别的人吗？"

"管家布莱恩先生早上也曾在花园里待了一会儿。"一旁的用人回答。福尔摩斯立刻走到布莱恩的面前，大声说道："布莱恩先生，摩根先生根本不是自杀，而是死于他杀，对吧？"

布莱恩立刻吓得面如死灰，默不作声地低下了头。

玩转脑细胞 >>

➡ 草坪周围只有死者一个人的脚印，这给警方制造了什么暗示？

➡ 假如死者死于自杀，脸上为什么会有惊恐的神情？

➡ 观察一下长刀的刀把，看看你有什么发现？

真相大白 >>

管家布莱恩正是杀害摩根的凶手。

布莱恩为人很不老实，经常在背地里偷偷将家里值钱的东西拿出去变卖，而后挥霍一空。很快，他的这些行为就被摩根知道了。摩根当着所有用人的面，狠狠地训斥了布莱恩。没想到布莱恩不但不知收敛，反而怀恨在心，并打算报复摩根。

不久，他就想出了一个恶毒的复仇计划。当雨后的清晨，摩根说要去花园散步时，布莱恩知道实施计划的机会来了。他趁周围没人，狠心地杀死了摩根。而后，又假装和用人一起发现摩根死去。在穆克警长说出摩根可能死于自杀的结论时，他立即附和，企图影响警方的判断。好在福尔摩斯心思缜密，及时发现了自杀的破绽，这才将布莱恩绳之以法。

名侦探笔记

➜ 自杀者的心理特征

狡猾的管家妄图制造摩根自杀的假象来迷惑警方，幸亏福尔摩斯了解容易自杀者的心理特征，才没让管家的奸计得逞。

1 认知方面，自杀者往往会采取非此即彼和以偏概全的思维模式来分析处理问题，看不到解决问题的多种途径。对困难常不能正确地估计，行为具有冲动性和盲目性，从思想上和感情上把自己和社会隔离开来。

2 情感方面，自杀者往往有各种慢性的痛苦、焦虑、抑郁、愤怒和内疚的情绪特征，常用冲动性的行为如酗酒、过量服药等来发泄自己的情绪。

3 人际关系方面，自杀者常常缺乏持久而广泛的人际交往，回避社交，难以获得较多的社会支持，对新环境适应困难。

➜ 通关大秘诀

思维的缜密性 ★★★

歹毒的管家在杀害了主人后，刻意不让用人进入现场，避免留下多余的脚印，而后又在穆克警长作出判断后，立即附和，企图影响警方的推断。好在福尔摩斯有着缜密的思维，没有受到管家话语的干扰，继续观察现场，最终找到了摩根死于他杀的证据并让杀人的幕后真凶布莱恩受到了应有的惩罚。

➡ **玩转脑细胞线索**

瓶里的半瓶有一杀毒

尤金斯之死

诈骗嫌犯离奇死亡，是畏罪自杀，还是被人谋杀？

神秘电话，突发巨响，线索错综复杂！

A公司的董事长尤金斯犯了严重的诈骗罪，穆克警长接到命令后，前去正式逮捕他。

当穆克警长来到A公司后，尤金斯的助理汤卢克却告诉他，平时尤金斯都会在3点的时候准点过来，可是由于今天突发了一些事情，所以得等到4点以后才能过来。于是，穆克警长就一直待在A公司的接待室里等待尤金斯的到来。

在这个接待室中，除了穆克警长外，还有几个前来讨债的债主，他们在3点钟的时候就在接待室里等候了。汤卢克为了缓解债主们愤怒的情绪，便只好一直陪着他们说话。

时间已经快到5点了，就在大伙都等得有些不耐烦的时候，一阵清脆的铃声传进了接待室。

"噢，我们老板回来了，他总是从后门进来，然后直接去他的办公室。"汤卢克介绍说。

还没等汤卢克说完，众人就听到一阵巨大的声响。在面对这突然的一响时，所有人都惊呆了，只有穆克警长保持冷静，他镇定地站起身，问汤卢克道："请问发生巨响的房间是谁的？"

"是……是我们老板的办公室……"说完，汤卢克就慌慌张张地跑出接待室，向着尤金斯的办公室奔去。

办公室里一片狼藉，只见尤金斯头部中枪，倒在暖气片旁，鲜血流了一地。穆克警长在尤金斯的身旁发现了一把手枪，接着，他迅速封锁了现场，让汤卢克和那几个债主去接待室里继续等候，他则简单地检查了一下办公室，与此同时，他还给福尔摩斯打了电话，要他过来协助调查。

当福尔摩斯和柯小南赶到现场时，法医已经对尤金斯进行了初步检查。

法医判断，尤金斯是自杀的，理由有四点：第一，尸体旁边的手枪是尤金斯的，上面只有他的指纹，另外，根据伤口来看，射击的距离是很近的，这就排除了在房间外面作案的可能性。第二，根据尸体的体温来判断，尤金斯是刚刚死亡的。第三，由于尤金斯最近遭到警方的逮捕，因此不能排除他有畏罪自杀的可能性。第四，案发当时，公司里的所有人，包括几个债主在内，全都和穆克警长待在接待室里，他们不可能在穆克警长的面前作案，因此也排除了汤卢克、债主们的嫌疑。所以，法医判断尤金斯是自杀的。

了解完案情之后，福尔摩斯却并不赞同法医的推断，他微微地笑着说："或许这个凶手正是因为有穆克警长在场，所以才能更好地作案呢！"

说完，福尔摩斯便和柯小南一起检查起现场来。

在检查到接待室的时候，汤卢克用的那张桌子引起了福尔摩斯的注意，因为桌子底下有一个小物体，他仔细地看了看那个物体，然后起身问穆克警长："警长，请问直到案发之前，所有人都是一直待在接待室里没有出去过，对吗？"

"嗯，大概在4点钟不到的时候，汤卢克出去过一次。"穆克警长回忆说。

"是的，侦探先生，当时我们老板办公室里的电话响了，因为老板没有来，所以我就过去接了，原来是别人打错了电话。"汤卢克回答说。

"那其他人呢，那些债主们也没有离开过吗？"

"我们一直待在接待室里，因为以往尤金斯都是3点钟准时过来上班，就算是在办公室里打一会儿瞌睡，也可以叫醒他。可是今天却被告知要到4点以后才能过来，我们害怕他会逃走，所以就一直在接待室里等着。"

听完这些，福尔摩斯又来到尤金斯的办公室，仔细地检查了一下尤金斯的尸体后，又环顾了四周。

"小南，你看看暖气片还有温度吗？"

"是的，老大，应该有二十多度的样子。"柯小南摸了摸暖气片后说。

"嗯，我知道了。好了，小南，你看到办公桌上的电话了吗？用这个打一下你的手机试试。"福尔摩斯在尤金斯的办公桌前坐下来说。

"好的。"柯小南说着便来到办公桌前。

柯小南反复试了好几次之后，只得垂头丧气地对福尔摩斯说："老大，好奇怪，我刚刚一直打不通，难道是我的手机坏了吗？"

"果真是这样的！"福尔摩斯站起来，笑着说，"好了，小南，我们现在去接待室吧，我已经知道谁是杀人凶手了！"

"嗯？老大，这是怎么回事？"

"让穆克警长去逮捕汤卢克吧，因为他就是杀死尤金斯的真正凶手！"

玩转脑细胞 >>

➡ 仔细观察一下福尔摩斯面前那个桌子下面的物体，它究竟是什么呢？和本案又有什么关系呢？

➡ 福尔摩斯为什么要检查暖气片是否有温度呢？

➡ 当得知办公室的电话打不通的时候，福尔摩斯为什么就断定杀人凶手是汤卢克呢？

真相大白 >>

当福尔摩斯拿出证据时，汤卢克只好承认了自己的犯罪事实，并从头到尾地交代了作案动机。

原来，汤卢克和尤金斯在很久以前一起服过兵役，脾气火暴的汤卢克曾经还是尤金斯的上级。从军队退伍后，汤卢克从事过许多职业，可是一直难以施展抱负。面对诸事不顺的困境，汤卢克甚至还想到过自杀。

就在这个时候，尤金斯向汤卢克伸出了橄榄枝，他希望汤卢克能去自己的公司帮助他处理公司上的业务。

原来，尤金斯在退伍后，遇到了很好的机会，他因此开了一间公司，生意办得红红火火。面对热情的尤金斯，汤卢克有些犹豫不决，他想起从前对尤金斯的严厉，他是不是想报复自己才这么做的呢？但是工作上的不顺已经让他的生活变得贫困潦倒了，为了生存，汤卢克只好答应了尤金斯。

果真，尤金斯确实是想报复汤卢克才那么热情大方的。等汤卢克去了尤金斯的公司后才发现，原来尤金斯是靠投机做生意的，表面上的阵势很大，其实早已负债累累。事实上，公司所有的效益来源都是靠签署各种不讲信用的合同获得的，而所有的合同都是以汤卢克的名义签下的。

现在，尤金斯的罪行暴露了，警方开始逮捕他，汤卢克想到自己也难逃干系，本来就对尤金斯有所怨恨，现在更是恨之入骨。终于，在穆克警长前来逮捕尤金斯的这天，汤卢克动手杀了他。

ONE MINUTE
DETECTION

名侦探笔记

尸体温度

在许多侦探案件中，尸体温度的变化，对推断死者的死亡时间具有非常重要的价值。

1 一个人的正常体温是37℃左右，当人死亡后，因为体内的新陈代谢停止了，身体本身无法产生热量，于是，尸体的温度开始渐渐降低，直到接近或低于周围的温度为止。

2 影响尸体温度变化的因素是很多的，大致可以分为身体自身因素和外部因素的影响。一般来说，老人和儿童的尸体温度下降更快，而壮年的则缓慢一些。因为脂肪具有保温的作用，所以，身体肥胖的尸体比身躯瘦弱的尸体冷得慢。另外，四周环境的温度、尸体身上穿的衣物厚薄等情况也会影响尸体温度的变化，比如当室内温度较高时，就能延缓尸体的冷却。

通关大秘诀

学会透过现象看本质 ★★★

在众多现象面前，福尔摩斯并没有自乱阵脚，而是将所有线索放在一起，整理出断案思路，最后推测出案情真相。

执着追求真相的精神 ★★★

当所有人都被表象误导时，福尔摩斯却执着追求真相，这是一个侦探所必备的精神哦！

➡ **玩转脑细胞线索**

那是连接卡要捕办公室的电报线

云霄飞车杀人事件

◎ **欢闹游乐场，惊现恐怖杀人案，云霄飞车何以成为断头车？**

◎ **带血的短刀，绝望的哭喊，何时真相大白？**

天清气朗的秋日，最适合出去游玩了。这周日正好是柯小南的生日，福尔摩斯早就答应要带他去游乐场痛痛快快地玩一天。柯小南虽然热衷于破案，但毕竟还是个孩子，游乐场对他依旧具有强烈的吸引力。

周日的游乐场那可真是人山人海，每个游乐设施前都挤满了人。这其中，又以云霄飞车最受大家的欢迎。"云霄飞车，我来啦！"柯小南大叫着，立即拉着福尔摩斯去排队等候上车。

在排队的时候，福尔摩斯注意到有四个人和他们坐同一辆车。这四个人中有一位男士布鲁克，剩下的三位女士分别是娜塔莉、辛迪和艾玛。这四个人似乎彼此认识。攀谈中，福尔摩斯得知娜塔莉曾经是体操运动员，而辛迪和艾玛都是超市收银员。娜塔莉戴着一串珍珠项链，打扮得非常素雅。福尔摩斯一看他和柯小南的座位正好夹在四人中间，就提出愿意和他们换位置。

娜塔莉立即说不必了。辛迪也说不想打扰艾玛和布鲁克。福尔摩斯这才明白了，原来艾玛和布鲁克是一对情侣。

就这样，娜塔莉和辛迪坐在第一排，福尔摩斯和柯小南坐在第二排，艾玛和布鲁克坐在第三排。还有两人坐在最后一排。放下安全杆后，列车载着八位乘客缓缓启动了。

爬到轨道的第一个顶点后，云霄飞车立刻以极大的速度俯冲下去。车子上的乘客们都吓得惊声尖叫起来。兜了几圈后，车子以飞快的速度冲进了一段长长的黑暗隧道。

不一会儿，飞车就冲出了隧道，开始向下俯冲。这时，从后面传来一阵尖叫声。声音中没有一丝快乐，反而是充满了无尽的恐惧。福尔摩斯回头一看，差点吓得魂飞魄散。原来，后面的布鲁克的脑袋突然不见了，只剩下四肢和躯干还直挺挺地坐在座位上。

一阵刺耳的警报声让喧闹的游乐场变得极为沉寂。穆克警长率领一众警员赶来了。命案是在隧道中发生的，征得穆克警长的同意后，福尔摩斯立即带着柯小南回到隧道去查看现场。

法医认定布鲁克是被人直接砍掉脑袋而死的。穆克警长看了看死者，又看了看停在一旁的云霄飞车，然后说道："死者是在隧道里被杀死的。当时列车正在高速行驶，而乘客都被安全杆牢牢地固定住了。那么，唯一有作案机会的只有坐在他旁边的艾玛了。"

艾玛见穆克警长怀疑她是凶手，立刻连连摆手，大呼冤枉。这时，一名警员提着艾玛的手提包，大声说道："警长，我们在这位女士的包里发现了这个。"

大家凑过去一看，原来艾玛的包里装着一把带着血迹的短刀。这下，艾玛立刻带着悲痛而绝望的声音说道："这不是我的，我根本就不知道这是怎么回事。"

一旁的娜塔莉见状，冷冷地说道："艾玛，我还以为你和布鲁克感情很好呢，真没想到你会做出这么冷酷无情的事情。"

穆克警长随即命令警员将艾玛铐起来，带回警局。

"且慢！"人群中传来一声大喝。大家一看，原来是福尔摩斯和柯小南回来了。福尔摩斯快步走过来说道："你们抓错人了，凶手另有其人。"

接着，他走到娜塔莉的面前，大声说道："娜塔莉小姐，请告诉我们你为什么要杀害布鲁克先生吧。"

娜塔莉的脸颊随即一阵抽搐，但她还是用镇定的语气说道："侦探先生，你说是我杀了布鲁克，那请问证据在哪里呢？"

"证据已经很明显了。"福尔摩斯随即用左手朝她指了指。娜塔莉立刻用双手捂着脸，瘫坐在了地上。

玩转脑细胞 >>

➡ 观察娜塔莉的穿着，你有什么发现？
➡ 娜塔莉曾经是体操运动员，这和布鲁克的死因有什么关系？
➡ 一把短刀能在短时间内将一个人的头砍掉吗？

真相大白 >>

在证据面前，娜塔莉终于承认了她杀害布鲁克的犯罪事实。

原来，在上大学的时候，娜塔莉曾经和布鲁克是很亲密的情侣，但是大学毕业后，布鲁克就抛弃了娜塔莉。伤心的她一直对布鲁克怀恨在心。当收到布鲁克约她一起出去玩的邀请后，娜塔莉终于决心实施自己的报复计划了。

买票的时候，她特意选择和布鲁克隔了一排的座位。等到云霄飞车进入黑暗的隧道后，娜塔莉就从安全杆的空隙中滑了下来，取下用钢索穿起来的珍珠项链，和事先准备好的铁钩拴在了一起。接着，她用双脚钩住安全杆，身体跨过第二排的福尔摩斯，把拴着铁钩的钢索套在了布鲁克脖子上，然后把钩子扔到了铁轨边，利用云霄飞车的速度和力量杀死了布鲁克。而在上过山车前，她假意替艾玛去存包，趁机就把带血的短刀藏进了艾玛的包里，想借此嫁祸给艾玛，幸亏福尔摩斯找到了她杀人的证据，破解了案情。

ONE MINUTE
DETECTION

名侦探笔记

➤ 云霄飞车的运行原理和运行速度

运行原理 凶手巧妙地利用了过山车的工作原理，把给人们带来惊险刺激和无限快乐的游乐设施变成了杀人工具。

1 从本质上说，过山车是利用了重力和惯性使列车沿蜿蜒轨道前行的。过山车运行到第一个最高点时，依靠的是机械装置的推力。一旦当它开始下滑，就没有任何装置再为它提供动力了。

2 从第一次下滑开始，过山车沿轨道行驶就进入了一个由势能转化为动能，又由动能转化为势能的过程。

运行速度 过山车正是具有超快的运行速度，才能瞬间杀死布鲁克。

1 过山车在向下俯冲时，地心引力会使得车体运动的速度越来越快，这就是加速度，也是过山车能风驰电掣般行驶的原因。

2 目前世界上运行速度最快的过山车是位于阿联酋阿布扎比法拉利世界乐园的"罗萨方程式"过山车，其最高运行速度达240千米/小时。

➤ 通关大秘诀

锲而不舍的探究精神 ★★★

福尔摩斯返回隧道找到了凶手遗留的作案工具，将罪犯绳之以法。一个优秀的侦探必须具备锲而不舍的探究精神，才能破除表面证据的影响，找出幕后真凶。

➤ 玩转脑细胞线索

朝下身然上了朝

赃物迷踪

◎ 博物馆被盗，珍贵艺术品下落成谜，警察心急如焚！

◎ 神探出马，巧施妙计，珍宝现形，原来如此！

最近几天，市博物馆正在举办一场珍贵的艺术品展览，许多展品都在展柜中被展出，吸引了不少人前去观看。

今天一大早，市博物馆的负责人报案，昨天夜里有盗贼潜入博物馆，偷走了博物馆里几件珍贵的艺术品。穆克警长接到报案后，十分重视，立即带领警员赶往博物馆进行现场勘查。

经调查，在博物馆被盗时，聪明的盗贼翻墙进入博物馆，切断了艺术品展柜报警台上的电源，并用技术手段屏蔽了博物馆内的监控录像，而当时负责值班的管理员并没有发觉。盗贼便轻而易举地打开展柜，偷走了珍宝，然后翻过博物馆外的高墙逃脱。

盗贼虽然狡猾，没有被监控录像拍到，但作案时还是留下了不少线索，警方很快根据墙壁上留下的脚印和指纹确定了三名嫌疑人。

很快，三名嫌疑人在机场被抓获，他们正携带着大量的现金准备出逃。经审讯，三人交代了自己的作案事实，但他们没有交代艺术品的下落，警方在他们的住处也没有发现艺术品。但从他们随身携带的大量现金来看，珍宝很可能已被他们销赃。因此，尽快找到珍宝，已成了当务之急，因为时间拖得越久，找到珍宝的机会越小。珍宝一旦被运出A城，再找回来就麻烦多了。

在警方严厉的审讯之下，三名罪犯交代了艺术品的下落。原来，艺术品被郊区的农场主福斯购买，用一个大铁箱装起来，埋在一个石磨的下面了。警察立即从警察局出发，赶往福斯的农场。此时，正在警察局的福尔摩斯和柯小南也一同前往。

来到福斯的农场，福尔摩斯注意到，福斯的眼睛里飞快地闪过一丝惊慌，朝院子里那片四个篮球场大小的晒谷场瞟了一眼，随即镇定下来。福斯委屈地说自己从来没有触犯过政府法令。对于今天警察的贸然闯入，他还要向法院提出控告。

警察们把磨坊里的石磨移开，在下面挖了一个又宽又深的坑，坑底已经见了生土，但并没有挖到大铁箱。看来，再挖下去已经没有意义了。

"老大，说不定我们被那几个贼给耍了，艺术品也许已经不在A城了。"柯小南嚷道。

福尔摩斯没有说话，他跳进坑底，看到坑壁上的一层层泥土，中间有一段跟别的不同，用手碰了一下，里面还有新鲜的小麦梗。好家伙，看来福斯一定是听到了什么风声，把铁箱给转移了。

可是，铁箱到底被转移到什么地方了呢？是树底下、麦田里，还是床底下？没有目标怎么寻找呢？看来轻而易举的事情，现在却变成了难题。

柯小南在一旁也急得团团转，"哎，这么大的农场，到底该怎么办呢？"

"穆克警长，您还是再多调几十个警察来农场里挖吧！"想了半天，柯小南说出了这么一句话，穆克警长一下子没有话说。警长沉思了一会儿，问福尔摩斯："您有什么高见吗？调来几十个警察来这儿办案，并不是不行，但我想知道还有简单的方法没有？"

"嗯，这个……让我想想。"福尔摩斯说。

福尔摩斯的脑子飞快地运转，他仔细地回忆着刚进入农场时福斯的一举一动。突然，他想起了一件事，立即招呼正在挖地的警察说："不用挖了，大家跟我一起到院子里去。"

来到院子里，福尔摩斯把警察分成几组，然后一一吩咐了他们要做的事。福尔摩斯则站在院子里指挥。穆克和柯小南被福尔摩斯的举动搞得莫名其妙："这样，能找到艺术品的藏身之处吗？"

福斯站在那里，冷静地看着福尔摩斯和忙碌着的警察。在他看来，警察们正在做着毫无意义的事。

突然，一直紧盯着警察们做事的福尔摩斯指着晒谷场上一块地方说："就在这里，往下挖。"此时，再回头看福斯，他早已经脸色苍白，惊恐万分了。

很快，一只铁箱被挖了出来，里面正是那批珍贵的艺术品。

玩转脑细胞 >>

➡ 看图片，看看警察们都在做什么，想想福尔摩斯这么安排的原因。

➡ 观察福尔摩斯手指处，看看这里有什么不同之处。

➡ 福斯在哪些地方露出了马脚？

真相大白 >>

本案中，三名盗窃犯在参观博物馆的时候，发现那些艺术品价值很高，便动了歪心思。他们熟悉电工方面的知识，切断了监控系统和报警系统，盗窃十分顺利，但不小心留下的指纹和脚印，暴露了身份。在偷盗成功后，他们暗地寻找买家，并很快找到了农场主福斯。福斯出钱买下赃物，藏在了磨坊的石磨下。但后来，他感觉到不安全，又转移到了面积相对较大的晒谷场。警察到来后，福斯百般抵赖，他认定警察找不到藏艺术品的地方，到最后只能是不了了之。但在福尔摩斯很快地挖出了艺术品后，只好束手就擒了。

ONE MINUTE
DETECTION

名侦探笔记

➡ 赃物的销售、窝藏、转移、收购

本案中，农场主福斯虽然没有参与盗窃，但他的行为也是违法的，因此在赃物被起获后，依然会受到法律的制裁。下面我们了解一下赃物以及与赃物有关的内容。

1 赃物是指通过贪污、受贿、盗窃等非法渠道获取的财物。

2 销赃是指以低价将赃物销售给不法商贩或私人。与之对应的便是赃物的收购，主体人是不法商贩或私人。

3 如果明知是罪犯所得的赃物而予以窝藏或者转移的行为，以及予以收购或者代为销售的行为，都触犯了法律，应该受到法律严厉的惩罚。

4 在实际的案件侦破中，罪犯窝赃手段高超，销赃及购赃行为快速而隐蔽，常常令警方手忙脚乱、无所适从。因此，作为一名合格的侦探，就要在第一时间锁定赃物的位置，顺藤摸瓜、大面积排查或巧妙利用其他手段寻找赃物，以破获案件。

➡ 通关大秘诀

另辟蹊径，化繁为简速破案 ★★★

在破案时，如果遇到了十分麻烦的案件，需要另辟蹊径，想出化繁为简的好办法。如本案中，福尔摩斯根据生活常识，巧妙地找到了赃物所在之处，避免了大量人力的浪费，为破案争取了时间。

➡ **玩转脑细胞线索**

潜伏在其他地方

真假疑犯

◎ 反锁的卫生间，狭窄的空隙，年轻女子究竟命丧谁手？

◎ 案情疑云密布，陷阱无处不在，案情何时柳暗花明？

为了侦破案件，柯小南耽误了不少功课，福尔摩斯主动要求帮他补习功课。在福尔摩斯的精心辅导下，柯小南终于以优异的成绩通过了期末考试。为了表示对福尔摩斯的感谢，柯小南决定请他吃顿饭。

一个周日的下午，柯小南领着福尔摩斯来到了一家刚开业不久的比萨店。柯小南早就注意到这家店了，这次借请福尔摩斯的机会，自己也能一饱口福。

比萨店里很安静，除了柯小南他们，只有一个年轻的女顾客。她坐在靠窗的位子上，面前放着一杯果汁，好像是在等人的样子。

"欢迎光临。"这时，柯小南听到服务员打招呼的声音，循声望去，看见门口进来了一个学生模样的年轻人。年轻人对服务员说："您好，麻烦给我来一份比萨和一杯可乐。"服务员带他到一个角落坐下后，很快把食物送了过去。

很快，又有一个男人走了进来，这个人身材魁梧，进来后径直走到吧台，大声地跟比萨店的老板打起了招呼。老板看到他的无名指上缠着绷带，便问他是怎么弄的。他说："昨天打球时不小心伤到了手指。真倒霉啊，连结婚戒指都不能戴了。"

"这个人真是没素质啊，大吵大闹的。"柯小南心想，"人家都在用餐呢。"他不禁回头看了看角落里的那个男生和窗边的女士。刚巧，他看到那个男生站了起来，去了洗手间。

又过了一会儿，第一个进来的女士也站了起来，向服务员询问洗手间在什么地方。"在那里，是男女共用的。"服务员指给她说。女子进去不久，男生走出来，继续回到了角落里。过了一会儿，那个身材魁梧的男人也进了洗手间，不久也出来了。

看到这些人纷纷进出洗手间，柯小南忽然也想去洗手间了。当他来到洗手间的时候，发现那里只有一扇门，他轻轻推了推门，门似乎在里面锁着呢。柯小南忽然想到，刚才那个女士进去后就一直没有出来。柯小南有点难为情，赶紧走了回来。可是又等了一刻钟，那个女士依然没有出来。柯小南连忙把比萨店老板叫来。老板得知情况后也很奇怪，便叫一个女服务员进去看看究竟。服务员回来说隔断间的门反锁着，怎么也推不开，里面也没人回答她的问话。这下大家都开始紧张起来了，福尔摩斯走过来让老板打电话报警，并通知店里的所有人都不许离开。

穆克警长赶来后，踹开那间隔断的门，发现有个女子已经死在了马桶旁，她的脖子上有一道深深的勒痕，像是被人用绳子勒死的。柯小南仔细一看，正是第一个进来的女士。

看到现场的情况，穆克警长很纳闷，便对福尔摩斯说："既然是行凶杀人，那凶手是怎么出来的呢？这门已经被死者的尸体堵住了，卫生间里又没有窗户。"

福尔摩斯看了看卫生间的布局，说："凶手一定是从天花板和隔断间的空隙处爬出来的。"

穆克警长得知除了这个女子，另外两个顾客也进过洗手间。他看了看那两

ONE MINUTE
DETECTION

个人的身材，发现那个身材魁梧的男人根本通不过天花板和隔断间的狭窄空隙，便让人把那个学生模样的年轻人抓起来。"等等，警长，那个人虽然也进过洗手间，但他是先进去的，那个女士离开座位后他很快就出来了。况且，如果是他勒死人，总得有工具吧？"柯小南连忙阻止了穆克警长的做法。

警察搜查现场，没有发现可疑的绳子。他们又搜查了两个客人的随身物品，也没有找到绳子之类的东西。这时，那个身材魁梧的男人辩解道："我的手受伤了，怎么会有力气勒死人呢？我还有事，你们没有证据的话我就走了。"

这番话一下子提醒了柯小南，柯小南看着他的手，胸有成竹地说："当然有，罪证就在你的身上。"

玩转脑细胞 >>

➡ 顺着柯小南手指的方向，看看他发现了什么。

➡ 想一想，凶手的作案工具可能是什么？

真相大白 >>

这个男人是一名政客，名叫霍伯特，和受害者丝塔茜曾是一对恋人。霍伯特在从政前是个瘾君子，经常吸食毒品，丝塔茜还拍过他吸食毒品时的照片。霍伯特从政后，渐渐地疏远了丝塔茜。后来，丝塔茜才知道他娶了某议员的女儿。她一气之下，便拿出他吸食毒品时的照片进行要挟，声称如果霍伯特不给她200万美元，她就把照片寄给报社。霍伯特生怕这张照片曝光，于是决定杀死丝塔茜。他知道那家比萨店的卫生间和天花板之间有狭窄的空隙，因为自己身材魁梧，不能通过这个空隙。因此他把丝塔茜约在那里，在洗手间外面勒死了她，并通过洗手间上方的空隙，将她扔进洗手间里。他想借此使警方的视线转移到其他顾客的身上，不料诡计却被柯小南识破了。

名侦探笔记

→ 解读血迹中包含的信息

在命案现场，血迹往往能反映出犯罪分子或受害人的行为、行走运动路线等。

1 从血迹的形态可以判断出凶手作案的手法。例如，被害人遭殴打时血迹会出现放射状分布形态，凶手挥舞凶器时会留下弧形的血迹。

2 当人们受伤后行走时，血液滴在地上或其他物体上，可形成一边是星芒状突起的椭圆形血滴。呈星芒状的一端指示行走的方向，行走速度越快，血滴的椭圆形长短直径比越大，星芒状突起越长。

3 通过研究擦蹭血迹的起止位置和线条痕迹，可以推断出擦蹭方向，从而进一步确认凶手或受害者的行走运动路线。

4 现场的血手印能显示伤者行走的方向。例如通过窗台上发现的血手印，能看出是伤者从窗外进来时形成的还是出去时形成的；通过卧房门上的血手印能看出是伤者进卧房时形成的还是出卧房时形成的；等等。

→ 通关大秘诀

打破思维框架 ★★★

本案中，受害者死在一个相对封闭的空间里，凶手能出入的地方只有洗手间和天花板之间狭窄的空隙。因此，大多数人都会认为凶手是从这个空隙爬进来杀死受害者的。

但福尔摩斯和柯小南跳出了思维的局限，继续深入调查分析，最终揪出了真凶。

➡ **玩转脑细胞线索**

握尺的对手

致命的疏忽

◎ 双亲车祸身亡，幼女悬梁离世，人间惨剧接连发生！

◎ 大侦探寻找蛛丝马迹，揭开幕后真凶的面纱！

星期天早上，福尔摩斯约柯小南在湖边的公园里跑步。两个人正在湖边小路上边跑边聊的时候，福尔摩斯的手机响了。原来是穆克警长打来的，他告诉福尔摩斯，昨晚在滨湖路的一栋高档公寓里发生了一起命案，请他与柯小南一起尽快赶往事发现场。

挂断电话，福尔摩斯对着柯小南耸耸肩："看来这个周末又要泡汤了。"

"滨湖路，不就在附近嘛，那咱们赶紧过去吧。"柯小南忙拉着福尔摩斯掉转方向，向滨湖路方向跑去。

在一栋装修精美的公寓大楼前，已经有数辆警车停在那里了。跟值班的警员打了招呼，两个身穿运动服的侦探坐电梯径直来到出事的7楼。

楼道尽头的一个房间前，拉起了黄色的隔离带，有数名警员持枪把守。见到侦探过来，穆克警长简单介绍了一下案发现场的情况，并向他们介绍了报案者曼迪女士，她是死者的邻居。

福尔摩斯和柯小南来到房间里，只见屋内装潢考究，温馨典雅。客厅的水晶灯掉落在地上，一个八九岁的女孩面部朝下倒在旁边，脖子套在了灯上的绳结中。女孩面色苍白，表情扭曲，看样子已经死了一段时间了。她身穿粉红色外套，脚上穿着漂亮的皮鞋，附近有一把被蹬翻的椅子，看起来像是自尽而死。由于水晶灯不堪其重，在女孩死后掉落下来。

福尔摩斯蹲在地上，打量着死者的致命处，只见死者的脖子上有一圈绳子的勒痕。绳圈外，死者的脖子上还挂着一串精美的白金项链。

福尔摩斯掰开那串项链的坠子，里面是一张三个人的微型合影照片，看样子像是孩子的父母。福尔摩斯又查看了尸体四周，发现除了女孩的指纹外，没有其他人的指纹。

福尔摩斯和柯小南走到惊魂未定的曼迪女士身边，问她是怎样发现女孩已经死亡的。曼迪哭着说："这个孩子叫玛丽，今年才9岁。一周前，她的父母在一次车祸中意外身亡。因为这个，玛丽精神受到了极大的打击，每天哭闹不停。她现在只有一个亲人——叔叔查理，这几天查理就要领她回家一起生活。一周来，都是我每天给这孩子做饭，她又倔强不肯和我住在一起，坚持要一个人住在自己家中。今天早上我做好了早饭，叫她过去吃，可是怎么也叫不开门，我这才报了警，想不到她……"

"那串项链是女孩自己的吗？"

"是的，那是她8岁生日时妈妈送给她的，这孩子可喜欢了，每次出门都要戴上。"

"昨晚你来过这里吗？"

"我来给孩子送晚饭，不久查理就来了。查理是个斯文的绅士，这几天每天都过来看玛丽。"

"查理知道这件事了吗？"福尔摩斯问一旁的穆克警长。

"半个小时前我已经派人去联系查理了，可能他很快就要过来了吧。"

ONE MINUTE
DETECTION

福尔摩斯又派人查看了公寓的闭路监视系统，发现昨晚查理走后没人来过这个房间。不一会儿，查理来了，他流着泪对福尔摩斯说："这几天我一直想让这个可怜的孩子搬到我家去，可是这孩子怎么也不肯离开家，说是想她的爸爸妈妈。昨晚我好不容易哄得她就要答应和我一起走了，没想到都穿好外套了，她又哭闹了起来，说什么也不走。没有办法，我只好一个人回去了，打算今天再过来接她，没想到这孩子竟然这样想不开……"

福尔摩斯冷冷地说："你不要再演戏了，还是说说昨晚是怎么杀死孩子的吧。"福尔摩斯为什么认定是查理害死了玛丽？

玩转脑细胞 >>

➡ 仔细观察女孩的勒痕，你能发现什么疑点吗？

➡ 仔细观察玛丽的白金项链，你能得出什么结论？

➡ 福尔摩斯为什么认定查理是杀人凶手？

真相大白 >>

原来，玛丽的叔叔查理办了一家公司，因经营不善濒临破产边缘，妻子也因此离他而去。查理终日苦恼不已。而玛丽的父母非常富有，去世后留给玛丽一大笔遗产。查理迫于生活压力，盯上了这笔财产，他只有杀死玛丽，才能得到这笔财产。于是他趁看望玛丽的时候，用绳子勒死了玛丽。然后他把客厅的水晶灯拽落下来，在灯上系一个绳结，将玛丽的脖子放到绳结里，并在旁边放上一把倒地的椅子。为了制造玛丽自杀的假象，查理早就编好了一套谎言，他在杀死玛丽后还特意为她穿上外套，就是为了符合他们准备出门的谎言。但是一切都安排好了以后，他却发现玛丽没有戴项链。为了不让熟悉玛丽的人看出破绽，他匆忙找到玛丽的项链又戴到了她的脖子上。

名侦探笔记

➔ 遗体留下的线索

在凶杀案中，遗体本身就是一个重要的线索。通过伤口的样子，我们能推断出被害者的死亡原因。

1. 电死：被电击的部位会呈现出树枝状的红色斑纹，即电光纹。
2. 重伤致死：查看伤口的形状，大致能猜出死者是被何种凶器所杀。
3. 中枪而死：能从伤口看出子弹从哪儿进入，从哪儿出来。从射入的角度，能判断出凶手射击的位置。
4. 上吊自尽：只在脖子前端及两侧有勒痕，脖子后面不会有勒痕。
5. 一氧化碳中毒：尸体表面会浮现红色的斑点，指甲根部也会变成红玫瑰色。

➔ 通关大秘诀

细致的观察能力 ★★★

在破案时，细致的观察至关重要。如在本案中，玛丽脖子上的勒痕、项链的佩戴位置，都是侦破本案的关键。只有养成细心观察作案现场、努力寻找作案证据的好习惯，才能成为一名优秀的侦探哦！

透过现象看本质 ★★★

在探案过程中，侦探搜集到的信息纷繁芜杂。要想迅速抓住问题的要害，就要透过繁杂的表象，找到关键性问题及根源之所在。

➡ **玩转脑细胞线索**

脖子上面与脖子下面

坠落的血滴

○ 大厦保洁员突然坠楼而死，是自杀还是谋杀？

○ 凭借一片小小的树叶，福尔摩斯解开了死亡之谜！

栋大厦的保洁员摔死在了大厦楼下，正在楼下露天咖啡厅喝咖啡的福尔摩斯和柯小南立刻来到了尸体旁。

死者是一名中年女性，从她的穿着可以判断是一名保洁员。女子平躺在地上，头部流出大量鲜血，鲜血很快浸湿了地面。死者的手边还有一块抹布。福尔摩斯仔细检查了死者的伤口，并确认她的确已经死亡了。

"小南，马上给穆克警长打电话。"福尔摩斯说道，"五楼的窗户大开，她很有可能是从那里摔下来的，我上楼查看一下。另外，你站在这里保护好现场，不要让围观的群众破坏现场。"此时，尸体旁已经聚集了大批围观的群众，大家一边为死者惋惜，一边议论着，一些人还说死者一定是在上面擦玻璃时不慎失足摔死的。

此时，一名围观的群众认出了福尔摩斯，他快步追上正往楼上跑去的福尔摩斯，急切地说道："探长，我认识这名死者，她是我们大厦的保洁员，叫凯特。"

　　"非常感谢您提供的信息。"说完，福尔摩斯快步来到了五楼。五楼开窗的房间是一间电话总机值班室，此时办公室里面空无一人，现场也没有打斗的痕迹，地板刚刚擦过，上面还残留着少量水痕。接着福尔摩斯又来到楼下，在一楼的阳台外，一片树叶引起了福尔摩斯的注意。他轻轻拿起那片树叶，仔细观察后放进了证物袋里。

　　这时，柯小南走了过来，对他说道："死者的同事向我反映，近几日根本没有发现死者的情绪有什么反常现象，所以，我想基本可以排除自杀的可能性。另外，大家还反映说，死者生前为人开朗，跟同事关系非常好，所以，他杀的可能性也不大，所以我认为死者很有可能是擦玻璃时不小心摔下来的。"

　　"你的调查和分析都很有道理，但是，我觉得死者的头部有点不对劲，"福尔摩斯指着死者的头部对柯小南说，"你看，她头部血液凝结的程度不一致，一部分是刚刚坠楼时流出来的，到现在还没有凝固，但是还有一部分血液已经凝固了，这说明坠落前她就已经受伤或者死亡了。因此，我怀疑这是一起谋杀！"

　　柯小南看过之后，福尔摩斯又接着说道："我们现在分头行动，你去调查死者的家庭情况，我在现场等穆克警长。"

　　"嗯，我这就去。"柯小南答道。

　　正说到这里，穆克警长带着法医和手下警员赶到了。福尔摩斯带着警长再次勘查了现场，并将他发现的情况一一告诉了警长。警长听后，立即派两名手下和柯小南一起去调查死者的社会关系和家庭情况。

　　"老朋友，我们一起去警局等消息吧！"穆克警长说道。

　　柯小南和两名警员的调查结果很快就出来了：死者的社会关系简单，看不出有什么问题。但是，死者和丈夫的关系非常不好，凯特的丈夫一直在找借口要求与她离婚，可死者始终没有同意。夫妻俩经常发生争吵。

这时，法医的尸检报告也出来了：死者不是死于坠楼，她坠楼前就因头部被利器重击而死了。

看到这样的调查结果，福尔摩斯等人都认定死者的丈夫具有重大嫌疑。

福尔摩斯、柯小南和穆克警长立刻赶到死者的单位了解情况，据死者的同事反映，案发当天的确在单位见过死者的丈夫，可并未看到他手里拿着利器。

"凶器一定还在大楼里，快！我们立刻分头寻找。"福尔摩斯说道。

玩转脑细胞 >>

➡ 福尔摩斯为何断定这是一起谋杀？

➡ 仔细观察福尔摩斯手中的树叶，你能发现什么破案的线索吗？

真相大白 >>

果然，他们在一楼楼道的垃圾桶内找到了一把带血的斧头。柯小南带着物证赶回了警察局化验指纹，福尔摩斯和穆克警长则赶到了死者的家里。

被带回警局的死者丈夫，声泪俱下地发誓说，虽然自己跟妻子的感情并不好，正在闹离婚，但是他怎么也不会杀人的。可是，法医很快就检验出斧头上有死者丈夫的指纹和死者的鲜血。在铁一般的证据面前，死者的丈夫终于承认了他杀害妻子的事实。

原来，他因为嫌弃结发妻子身材变形、举止粗鲁，一直就想离婚，偏巧最近又发了一笔财，进而又担心离婚后妻子会分去他的一半家产，所以就动了杀人的念头。他趁妻子不备时用斧头将其杀死，然后清理现场，并抛尸到楼下。随后，他藏起斧头，从大厦后门溜走了。

ONE MINUTE
DETECTION

名侦探笔记

➔ 树叶

一片小小的树叶帮助福尔摩斯判断出了死者是被谋杀的。下面我们就一起来了解关于树叶的知识。

1 一片完整的树叶包括叶片、叶柄和托叶三个部分。这三部分各有不同的作用，叶片用于接受阳光的照射；叶柄用来支撑叶片，并把叶片和茎连接起来；托叶用来保护幼叶。

2 叶片上那些粗细不等的脉络，叫作叶脉。叶脉又分为网状脉和平行脉两种。根据叶柄上长有叶片的数目，叶又分为单叶和复叶两种。

3 树叶是植物进行光合作用、制造养分的主要器官，它还为人类释放氧气，挡风遮阳。另外，树叶还具有治疗疾病的功效，比如桑树叶能治疗结膜炎。

➔ 通关大秘诀

仔细勘查案发现场 ★★★

福尔摩斯破案时，从不放过案发现场一丝一毫的可能成为证据的物品。一片小小的树叶引起了他的注意，并成为他判断死者是被人谋杀致死的重要物证。因此，想当侦探的同学们一定要在日常生活中，通过观察大大小小的事物来训练自己的观察能力。

➡ **玩转脑细胞线索**

树叶上有血迹

紫甘蓝的指证

◎ 浪漫宴会，现场求婚，钻戒却不翼而飞！

◎ 当紫甘蓝遇到柠檬汁，福尔摩斯如何施展指证窃贼的魔法？

福尔摩斯有位开农场的朋友名叫欧西曼，他的儿子约翰今年26岁了，到了要娶亲的年龄。实际上，约翰早就有了心上人，就是与他青梅竹马的安娜。

一天上午，福尔摩斯接到欧西曼的请柬，邀请他一周后去参加儿子的订婚晚宴，晚宴就在小镇举行。到了那一天，福尔摩斯如约前往。柯小南因为忙着考试，所以没陪他一起来。参加宴会的大部分人都是当地的村民，还有约翰的几个朋友。现场气氛活跃，让人倍感轻松愉快。

宴会开始了，福尔摩斯和朋友欧西曼打过招呼，便坐到了客厅的一角。不一会儿，主角约翰和安娜盛装出场，他们看上去是特别般配的一对。宾客们都送上了祝福。福尔摩斯注意到，有两个年轻人的目光总是停留在美丽的安娜身上，看样子，他们对安娜都很倾慕。这两人一个叫汉斯，是约翰的同学；一个叫麦克，是约翰家里的男仆，也是和安娜一起长大的。

宴会进行到一半的时候，约翰要正式求婚了，仆人端上一个托盘，约翰掀开上面的蒙布，盘子里露出一个紫色的甘蓝。大家看到那个甘蓝，都很惊讶，不知道约翰搞什么名堂。约翰笑着解释说，这是他和安娜曾经一起种下的甘蓝菜籽长出的甘蓝，算是他们爱情的见证，而求婚的钻石戒指就放在了紫甘蓝里，他请安娜亲自剥开甘蓝，取出戒指。

安娜的脸上挂满幸福的笑容，她伸出手准备去剥那个甘蓝。但就在这时，屋子里的灯突然全部熄灭了，周围一片黑暗，什么都看不见。黑暗中传来安娜的惊叫声，原来她被人撞倒了。约翰听到喊声，急忙摸索着去扶她。屋子里陷入一片混乱，好像有桌子、椅子也被碰倒了。欧西曼大喊着，让人去看电闸。

十几分钟后，大厅里的灯才重新亮起来，人们扶起碰倒的桌椅，各就各位。约翰和安娜也站起身来，这时，他们惊讶地发现，桌上盘子里的紫甘蓝不见了，找遍了地上也没有。

紫甘蓝到底去哪里了呢？难道被人偷了？人们纷纷到厅外去找。很快，在门外的台阶下，大家看到了被剥开的一片片甘蓝叶子，但戒指已经不见了。显然，是有人趁乱偷了甘蓝，然后剥开它，拿走了里面的戒指。

这到底是谁干的呢？是有人见财起意？还是另有所图？没有了戒指，订婚仪式无法进行，约翰和安娜的脸色都变得难看起来。

这时，福尔摩斯走出来，说："大家先别着急，能在这么短的时间内偷走戒指的人一定在我们当中，我有办法把他找出来。"

说完，他挑了一个又大又深的盘子，把桌上几杯给宾客准备的柠檬汁都倒进盘子里，说："大家不知道吧，柠檬汁是很神奇的果汁，用它可以检验出钻石。钻石戒指在谁身上，只要那个人把手伸进柠檬汁里，柠檬汁就会告诉我们。下面，就请大家一一把手伸进柠檬汁里试一试吧。"

众人面面相觑，不知道福尔摩斯说的是真的还是假的。但为了洗脱嫌疑，他们都纷纷过来，把手伸进了柠檬汁里。当有一半多的宾客验完时，突然有人撞了麦克一下，从他的衣角下叮叮当当地掉出一件东西，麦克不自觉地捡起了它。约翰一看，喊道："那是我的戒指！"汉斯上前揪住麦克说："不用再查了，就是你偷了戒指。"麦克的脸变得通红，争辩道："不是我，我没有偷戒指。"

汉斯接着说："事实摆在眼前，你还要狡辩吗？"

福尔摩斯摆了摆手，说："两位，不要再争了，请你们都过来让柠檬汁验一下吧。"汉斯大大方方地走过来，而麦克犹豫了一下，也拿着那枚戒指走上前，两人一起把手伸进柠檬汁里。

突然，福尔摩斯抓起汉斯的手说："你才是真正的窃贼。"汉斯气愤地说："戒指明明在他手上，你凭什么说是我？我看你是个骗子！"福尔摩斯指着他的手指说："看看这里！"汉斯一愣，瞬间脸变白了。

玩转脑细胞 >>

➡ 戒指突然被偷了，你认为盗贼的目的可能是什么？

➡ 你吃过紫甘蓝吗？人剥了紫甘蓝后，手上会留下什么？

➡ 观察每个人的手指，你发现了什么？

真相大白 >>

偷盗戒指的人的确是汉斯。原来，汉斯也爱慕安娜已久，但安娜拒绝了他。在订婚晚宴上，他看到约翰与安娜甜蜜的样子，妒火暗生，便打算破坏他们的订婚礼。他早就观察了电闸的位置，在安娜准备剥甘蓝的时候他拉下电闸，然后趁黑暗偷了甘蓝，撞倒安娜，引起大家的混乱。之后他就悄悄退出客厅，把戒指从紫甘蓝里剥出来，放进了自己的兜里。但没想到，福尔摩斯要让大家"验手"，他怕被查出来，才悄悄撞了同样喜欢安娜的麦克一下，顺便把戒指塞到他衣服下，让戒指从麦克的衣服里掉出来。他本以为可以嫁祸成功，但没料到柠檬汁的真正作用，所以被当场拆穿。

ONE MINUTE
DETECTION

名侦探笔记

➜ 紫甘蓝的特点

紫甘蓝又叫紫包菜，是一种营养丰富的蔬菜。它的特性常常会为办案人员提供便利。

1. 紫甘蓝呈紫红色，色泽鲜亮，结球紧实，富含各种维生素、胡萝卜素和粗蛋白。

2. 紫甘蓝内的维生素能够为人体提供抗氧化剂，可增强人的活力。

3. 紫甘蓝汁具有遇到酸或碱改变颜色的性质，可作为化学指示剂。它遇酸会变成红色，遇碱则变成绿色。

➜ 物质的酸碱性

许多盐类物质都具有酸性或碱性，了解其酸碱性，对破案很有帮助。

1. 物质成分是强酸弱碱，溶于水后呈酸性；物质成分是强碱弱酸，溶于水后呈碱性；而物质成分若酸碱相当，溶于水后呈中性。

2. 物质的酸碱性可由石蕊试纸来鉴定。石蕊试纸遇酸性溶液呈红色，石蕊试纸遇碱性溶液呈蓝色。

➜ 通关大秘诀

运用知识，巧施妙计 ★★★

本案是利用了甘蓝和柠檬汁的特性找到窃贼的。不过，知识是必要的，计策也是必需的。福尔摩斯在运用知识时，并没有说出真相，而是抛出一个假的说法，这样才让案犯无所防备，现出原形。

➜ **玩转脑细胞线索**

案犯为什么要擦自己的名片

钻戒连环失窃案

◎ 别墅招待会钻戒失窃，牵出连环案，令好心主人面色羞赧！

◎ 神探及时出手，侦破神奇偷窃案，为众来宾齐上一课！

说起戴维先生，他可是A城一位鼎鼎有名的人物，就连城里的小孩子们都认识他。

戴维先生是A城爱鸟协会的会长，他在郊区有一栋很大的别墅，这座别墅还有一个大花园，里面饲养着孔雀、红鹦鹉、猫头鹰及其他一些十分珍贵的热带鸟类。可以说，戴维先生是一个名副其实的养鸟爱好者。平时，这些鸟儿们都由管家负责照料。

与此同时，戴维先生也是一个热心肠的人。他喜欢交际，人缘也不错，经常会在自己的别墅内举办一些招待会，邀请A城的朋友们前来参加。

福尔摩斯和柯小南也曾多次受到戴维先生的邀请，但是，他们两个平时总是一个忙于学业、一个忙于工作，所以一直没有抽出时间参加。今天晚上，戴维先生又在别墅里举办了一场聚会，这次，福尔摩斯和柯小南难得忙里偷闲，于是，便相约结伴前去赴宴。

晚宴上，A城各行业的精英名流欢聚一堂，大家有说有笑，其乐融融。福尔摩斯和柯小南很快就被现场热烈的气氛所感染了，他们举杯畅饮，玩得十分尽兴。然而，就在所有人都沉浸在欢笑声中的时候，现场的热烈气氛却突然被一声惊叫打断了。

"天啊，我的钻戒不见了，我的钻戒不见了！"

这时，大伙儿纷纷抬起头，望向发出声音的那个方向，只见一位夫人正匆匆忙忙地从楼上往下跑，一边跑，一边慌张地喊叫。

福尔摩斯立刻认出了这位夫人。她名叫凯特，丈夫是A城的一位著名企业家，经营着多家酒店。能让这样一位见过世面的贵妇人如此惊慌失措，看来这枚钻戒价值不菲。

果然，在凯特夫人接下来的讲述中，大家得知，原来，这枚钻戒是丈夫送给她的生日礼物，足足有三克拉。

"凯特夫人，您先不要惊慌，请给我们讲讲这到底是怎么回事？"听到了众人的吵闹声，戴维先生急忙赶了过来。

"唉，这可真是一件怪事。"凯特夫人在稍稍平复了一下心情后，才百思不得其解地说道，"是这样的。要知道，我平时很少喝酒，但是因为今天我玩得很高兴，就喝了不少红酒，因为酒量不好，难免有些头晕。于是，我便想到三楼的客房里去冲个澡，清醒一下。就这样，我来到了客房，一进门，我就把房门从里面反锁上了，并将我的钻戒摘了下来，随手放在了客厅的桌子上，接着，我便走进了浴室。可是，当我洗完澡，从浴室出来的时候，却发现我之前放在桌子上的那枚钻戒竟然不见了。"

"天啊，怎么又出现了这种情况？"听完凯特夫人的讲述，戴维先生不禁皱起眉头，陷入了沉思。

要知道，就在一个月之前，同样的事情已经发生过一次了。当时的事发地点也是别墅三层的客厅，只不过那次丢掉钻戒的是萨米夫人。但是，因为那枚钻戒的价值不高，所以萨米夫人并没有在意，那件事也就稀里糊涂地过去了。可是令人意想不到的是，今天竟然又发生了这样的事。不用说，这让戴维先生感到难堪极了。

"先生，"戴维先生向福尔摩斯说道，"今天您正好在这儿，还是去帮我们查看一下吧！"

"走，一起去看看！"

就这样，戴维先生带着众人一起来到了三楼的客房。福尔摩斯在反复检查过客房的门后，确定如果门从里面被反锁，是不可能从外边被打开的。客房内，只有窗户半开着，但窗外没有梯子，窗户上也没有留下任何痕迹，所以窃贼不可能是从外墙搭梯潜入屋内的。

接下来，福尔摩斯又检查了浴室，却没有发现什么有价值的线索，然后，他又在客厅里环视了一番，并不住地摇头和点头。

"老大，快来看，我在客厅的桌子下面找到了这个。"不知什么时候，柯小南的手里多了一根火柴。

"啊，竟然又是火柴！"听到柯小南的话后，戴维先生惊讶得瞪大了眼睛，他回忆道，"我记得，上次萨米夫人的钻戒丢失后，曾有保姆前来打扫过房间，当时，她也发现了这样一根火柴。"

"戴维先生，您确定这根火柴不是您放在客房里的吗？"福尔摩斯转过头，向别墅的主人询问道。

"不是的。我从不抽烟，这间客房一直空着，平时也没有人住，根本没有必要把火柴放在这里啊。再说了，即使要放火柴，也应该是整盒的，不可能只放一根吧！"

"既然这样，那就奇怪了。火柴呢？让我好好看看。"说着，福尔摩斯从柯小南手里接过了火柴，并仔细地观察了起来。不一会儿，他似乎发现了什么，然后轻轻地点了点头。

"发生盗窃的时候，管家在哪里？"福尔摩斯问戴维先生。

ONE MINUTE
DETECTION

"管家在院子内的值班室，他没有靠近主楼一步。"

"噢，"福尔摩斯的脸上露出了浅浅的笑容，"不过正是因为这一点，我才认为管家就是罪犯。"

"管家？"

"这怎么可能呢？"

"为什么这么说？"

"不在案发现场也能偷东西啊？"

众人听后，都对福尔摩斯的推测感到困惑不已，像炸开了锅一样，纷纷议论起来。

"这里的大部分人都喜欢养鸟吧，那么，我相信大家很快就会明白了。"福尔摩斯故作神秘地说道。

玩转脑细胞 >>

➡ 观察一下福尔摩斯手中的火柴棒，你有什么发现？

➡ 为什么管家不在现场，反而能证明他的犯罪事实？

➡ 福尔摩斯最后一句话，有什么特别的含义？

真相大白 >>

管家正是这起案件的嫌疑犯，也是之前同样一宗盗窃案的实施者。管家在值班室被戴维先生等人控制之后，大家在他的卧室里搜出了刚刚偷窃成功的钻戒。原来，管家看到戴维先生整天招待A城里的贵族和精英人士，而三楼的客房是客人们休息和洗漱的地方，便心生歹意，想偷窃客人们的贵重物品。他利用自己养鸟的便利条件，训练鸟儿进行偷窃。看似神不知鬼不觉，但却被福尔摩斯发现了其中的破绽。于是，案件顺利侦破。

名侦探笔记

→ 条件反射与动物训练

本案中，管家通过不断的行为刺激，训练猫头鹰进行偷窃，实际上就是利用了条件反射。让我们一起来了解一下相关知识。

1 原来不能引起某一反应的刺激，通过把这个刺激与另一个能引起反应的刺激同时给予，使它们彼此建立联系，从而在条件刺激和无条件反应之间建立联系，这就是条件反射。

2 最常见的条件反射是食物唾液分泌条件反射。如在喂狗之前都打铃，久而久之，狗在听到铃声时就会产生唾液，这就是条件反射。打铃被称为信号刺激或条件刺激。

3 人们常利用条件反射训练动物掌握某项技能，进行演出。这也可能被犯罪分子利用，教会动物实施某种犯罪。如教会猴子从狭小的洞进入室内偷窃等。这类案件如果没有找到关键证据，是很难破案的。侦破后，动物无罪，但训练动物的人会受到法律惩罚。

→ 通关大秘诀

大胆的想象结合充分的证据，罪犯无处遁形 ★★★

神探应该具备超强的想象能力。本案中，福尔摩斯从"门反锁""没有搭梯的痕迹"大胆想象可能是鸟儿作案，再根据火柴棍，确定驯鸟的管家有重大嫌疑，进而使案件获得重大进展。

➡ **玩转脑细胞线索**

火柴棍中留有齿痕

P1. 安宁小镇恐慌来袭

福尔摩斯在树上发现了一张粘着羽毛的捕鸟蛛网，因为捕鸟蛛在傍晚开始结网，第二天早晨还没来得及弄破。羽毛枕头被扯破，羽毛从窗户飞出，粘到蜘蛛网上。因此，案发时间应是周六傍晚到周日早晨。

P6. 保险柜里的魔鬼

犯罪嫌疑人拿着氧气切割机和高压氧气瓶将保险柜弄出了一个洞。因为钻石的主要成分是碳，在高温下会燃烧，因此，大钻石变成了二氧化碳气体，并留下了不易被人发现的灰，即少许杂质燃烧后的产物。

P11. 冰湖绝命

在极其寒冷的环境中，年轻人下水救助女朋友失败后，又步行了十多分钟，他身上的水不可能没有结冰。因此，他并没有下水，而是在看到福尔摩斯和柯小南之后才将身体弄湿的。

P16. 大雨中的凶杀案

由于铁是导体，当电闪雷鸣之时，歹徒高举铁棍准备向卡尔费罗打去的时候，天空中的雷电正好与铁棍接触，导致歹徒被雷电击中，当场毙命。

P21. 冬日里的神秘男人

在气温较低的冬天里，由于室内供有暖气，导致室内与室外温差较大，这样一来窗户上一定会结满小冰晶，所以，就算苏娜拉开了窗帘，卡西什文也不可能在距离大约20米的远处看清屋内人物的面貌。可是卡西什文却非常清楚地描述出男子的相貌特征，由此可见，卡西什文是在说谎。

P26. 夺命练功房

四个印度人利用吉姆克罗患有恐高症，乘吉姆克罗入睡之后，在天窗处用四条带着铁钩的绳子挂在了睡床上，然后将睡床吊高。等吉姆克罗醒来时，不敢下床，于是，吉姆克罗便死于极度恐惧与饥饿之中。等吉姆克罗死后，四个印度人又将床放下来，可是他们却忽视了床脚移位，最终露出了破绽。

P31. 犯罪现场的鞋印

福尔摩斯发现脚印的中间深，边缘浅，说明此人的脚比鞋子小很多。由此他猜想，海伦有一双和汤姆一样的鞋子，并每天更换鞋子让汤姆轮流穿，这样磨损情况就是一样的，为她杀死露易丝并嫁祸于汤姆做足了准备工作。

P36. 房门外的脚步声

文中，福尔摩斯找到了两个关键线索。其一就是数学家临死前留下的纸条，脚步声为"嗒……嗒……嗒"，福尔摩斯由此推断出犯罪嫌疑人行动不便，依靠拐杖行进。其二是数学家手中的圆环，考虑到其数学家的身份，由圆形联想到圆周率3.14，进而判断凶手住在314房间。

P41. 古堡里的夺命黑影

福尔摩斯对B国神出鬼没的红蝙蝠早就有了一番研究。在古堡侦查时，他在古堡顶上发现了红蝙蝠的巢穴，联系到警长介绍的案情，他马上想到凶手很可能是利用红蝙蝠作案的，因此导演了一场好戏。

P46. 黑色败血症

福尔摩斯是戴着手套，小心翼翼地打开象牙盒的，所以他并没有受伤。当他看到藏在象牙盒里的毒针后，马上想到了波特先生手指上的伤口。于是他将计就计，假装感染了黑色败血症，让罪犯暴露了自己。

P51. 画室里的凶光

原来，凶手在十二点左右杀了米勒后，把一支完好的雪茄烟放在了烟灰缸里，并调好了窗台上天文望远镜的角度。清除了现场的一切痕迹后，凶手扬长而去。不久，望远镜上的两块凸透镜片起了聚光作用，慢慢地点燃了雪茄烟。凶手就这样制造了死者死于十几分钟前的假象。

P56. 会说话的罪证

如果苹果的果肉长时间暴露在空气中，它会慢慢变成棕色。可当福尔摩斯发现苹果的时候，看到果肉还是青色的，这就说明苹果是刚吃不久，而警察是绝不可能一边吃着苹果一边紧急抢救资料的，因此这个苹果一定是小偷刚刚留下来的。

P61. 箭从背后射来

原来，艾丽莎事先故意把银币扔在地上，等安妮走到门口发现银币正弯腰去捡时，艾丽莎就从三楼的窗口朝下射箭，正中安妮背部。

P66. 金十字架的诅咒

琼斯事先给猫咪打了麻醉剂，然后在它的尾巴上绑上棉花团，用它塞住煤气管的缺口。等到深夜麻醉剂效力消失的时候，猫咪一离开煤气管，煤气就泄漏出来。这样，琼斯就可以达到不在现场却杀死人的目的了。

P71. 惊狂第六感复仇

杰克逊穿过草坪，从后窗开枪杀死米歇尔教授后绕了一大圈回到前门，刚好看到麦修和仆人，便和他们一起来到客厅。可惜，由于天黑，杰克逊不知道草坪上浇过水，所以路过时鞋上沾了草叶和泥。

P77. 剧毒胶囊

舒贝特的丈夫将剧毒投放在胶囊中，当舒贝特死后，用胃吸管插进舒贝特的胃里，然后将胶囊和氰化钾吸出来。接着，他又用相同的办法将含有氰化钾的巧克力注入到舒贝特的胃中，由此制造了舒贝特是吃了含有剧毒的巧克力而死的假象。

P82. 绝命荒野

哈里说自己在10点钟泡了一壶茶，到下午1点的时候，这壶茶已经泡过3个小时了，水面上不可能有漂浮的茶叶，可见他在说谎。

P87. 绝命习惯

赫雷斯不知坎纳里森是非分泌型体质，自以为同是A型血，所以才搞到了坎纳里森触摸过带有指纹的邮票，再由自己舔后贴在恐吓信上，没想到因此暴露了自己凶手的身份。

P93. 绝命追踪案中案

福尔摩斯看到歹徒胳膊上布满针眼，并有瘀青，发现他们是吸毒者，联想到他们在全车人中只劫持了兰斯，断定他们认识兰斯。而兰斯没有财物上的损失，那只能是毒品被抢了，由此证明兰斯是个毒贩子。

P99. 蜡像破案

原来，福尔摩斯的卧室里还有一个门直通帘子后边。福尔摩斯离开客厅后，从卧室走到帘子后面，将蜡像搬走，自己扮作蜡像坐在了帘子后面。而凶手听到的钢琴声，不过是福尔摩斯录音机里传出的声音。福尔摩斯利用钢琴声，不但让凶手以为自己一直在弹钢琴，还很好地掩盖了自己搬动蜡像时可能发出的声音。

P104. 来去无踪的隐身人

小偷行窃后，从通风口逃走。在离开之前，他会在通风口放几只蜘蛛，而蜘蛛结网速度很快，由此制造了没有人从通风口通过的假象。在三个搬运工之中，只有身材最小的那个人能通过通风口，因此他是小偷。

P109. 黎明前死神在召唤

死者为他杀，原因如下：尸体是头朝树根的，这不是从树上跌落应有的姿势；且人在爬树时，脚与树干呈一定角度，并非与树干平行，因此脚心上的擦伤是人为的。

P114. 林中的神秘脚印

水塘边寒冷潮湿，夜里会结霜。如果窃贼是前一天夜里闯入的话，鞋印肯定会因霜而变得不清楚。既然脚印清晰，就说明闯入者是中午出现在院墙外面的路易斯。

P119. 盲老太的绝密遗言

福尔摩斯看到白纸上的小洞，联想到米勒太太是个盲人，她手里还拿着一根针，就断定纸上的小洞是她死前刺下的盲文。去德克家前，福尔摩斯专程请教了盲文专家，确定了盲文是凶手的名字——德克。

P124. 没有影子的情人

由于箱子是由铝合金制成的，当雷达基地发射的超短波遇到箱子时，超短波就会反射回来，并在设备上记录下箱子掉入海中的时间、位置、距离变化等信息，因此，这些信息就成了阿迈斯科杀害黛西的有力证据。

P129. 煤气惩凶

根据房顶小洞破裂的痕迹可以看出此洞是人为造成的，再结合煤气灶上史威福特的指纹，可判断史威福特本想利用煤气比空气轻的原理杀死彼德利，可由于煤气受室内空气对流的影响，竟充满了史威福特的房子，并毒死了他自己。

P134. 密室中的亡灵

福尔摩斯发现胶纸开着的部分没有粘过物体后的痕迹，由此断定房门不是密封的，凶手故意在门上贴胶纸，让警察以为胶纸是在撞门时被扯开的。可见，死者不是自杀，凶手另有其人。

P139. 扑克牌追凶令

死者手里的扑克牌是Q，Q是扑克牌中唯一用女性做人像图案的牌。死者是想告诉警方，凶手和赌局有关，且是一位女性。

P144. 潜伏的魔鬼

送货车的后轮压在了胶皮水管上，水管应该不再出水才对。而詹姆斯却说自己一直在花园里浇了半小时的水，可见他在说谎。

P149. 杀人蜂的诅咒

福尔摩斯请教专家后得知，毒蜂蜇人后，自己不会立即死去。德里克不知道这一点，在珍妮被毒蜂蜇过，死于严重的过敏反应后，他又用杀虫剂杀死了毒蜂。没想到这恰恰暴露了他的罪行。

P154. 嗜睡水晶球

罪犯沿着壁炉里的绳子从烟囱逃走，身上一定不会干净，而灰头土脸跑回来的安迪，正引起了福尔摩斯的怀疑。之后为了确认自己的怀疑，福尔摩斯漫不经心地说出安迪开的是法拉利，那是汉斯博士遭到暗算时遇到的车。安迪随口说出了他的确拥有一辆银色法拉利，无形中承认了自己的罪行。安迪爬烟囱时，摸到过烟囱壁，他的手变得黑乎乎的，也因此留下了手印。

P159. 数字密码

台历上有五个数字：7、8、9、10、11。在英语中，7月、8月、9月、10月、11月的字头连起来正好是J—A—S—O—N。根据这条线索，福尔摩斯认定罪犯是加森。

P164. 死亡古堡骷髅祭

福尔摩斯在古堡里撒了不少红色小石子。他查看了罗德镇长的登山靴鞋底，发现凹槽处有红色小石子。这些石子是福尔摩斯白天放上去的，而罗德镇长说自己一天哪儿都没去，由此可见罗德镇长在说谎。

P170. 死亡妻子的诉说

贝克先生说妻子在煮咖啡前化过妆。但是福尔摩斯在咖啡杯上没有看见唇印，可见贝克夫人的妆是死后才化上的。贝克先生在说谎。

P175. 甜蜜的盗窃

福尔摩斯注意到画框上有两只苍蝇，根据苍蝇嗜甜的特性，他判断画框上有甜味物质。克里克的手帕擦过红茶，那肯定是他盗走了油画后用手帕去擦画框上的指纹时，把甜味留在了上面，招来了苍蝇。

P180. 亡灵的温度

伯尔撞死医生后，将尸体带回家，放置在壁炉边，然后点燃汽油用大火烘烤，使尸体加快腐烂。伯尔由此制造了受害者死亡一周的假象。然而，伯尔却忽视了死者皮包里的体温计，这支体温计在被大火烘烤时，记录下了周围环境的温度。

P186. 亡命赌徒

福尔摩斯看到夜来香开着的花被压在尸体下，就知道现场是伪造的。因为夜来香在傍晚开花，次日早上就凋谢了。所以，死者不可能是昨天下午2点左右在这儿自杀的。福尔摩斯询问后得知汤姆和死者午后一直在一起，因此汤姆嫌疑最大。

P191. 舞台索命奇案

通过平面图可以看出，馆长办公室、花园和展厅、舞台是隔开的，所有人到办公室都必将经过展厅的门，路过花园，然后到达馆长办公室。如果凶手是除吉姆外的其他人，那么他们杀人后回到各自声称的位置时必将迎面碰上闻声赶去的福尔摩斯和柯小南。可是福尔摩斯和柯小南没有碰到任何人，说明凶手只能是吉姆。

P196. 夏日里的阴谋

夏天，冰镇饮料倒在杯子里后，空气中的水分会在杯壁凝结成水，用那样的杯子是不会留下完整清晰的指纹的。而温水对玻璃杯没有丝毫影响，杯子上才会留有清晰的指纹。可见，路易斯是最后见到米娅的人，他就是杀人犯。

P201. 显微镜下的神秘证词

福尔摩斯化验了从克洛德汽车上取来的花粉，发现这些花粉只有在萨维尔河南部的密林深处才能找到。因此，他很顺利地找到了死者的尸体，并通过花粉断定克洛德来过案发现场，是重大嫌疑人。

P206. 小偷的人间蒸发

小偷等待所有的警卫都入睡后，利用钻石将玻璃划开，然后逃走了，因为钻石是世界上最坚硬的物质，可以用来切割玻璃。

P211. 血染火车站

在火车进站的时候，由于车速很快，所以在火车的周围会形成一个低气压。这个低气压不仅不会将人往后吹，反而会将身穿宽大衣服的人给吸过去，所以，妇人在说谎。此外，妇人带父亲去看病，竟然没有带任何行李也是很可疑的。

P216. 血色森林

根据故事发生的时间，可以判断案件发生在北半球（北半球的十月为秋天）。因此，依据年轮形成的规律，再结合照片上的年轮疏密状况，可以判断爱比尔的影子是在西边，这就说明拍照的时候太阳是在东边的，因此可以推断出这张照片的拍摄时间是早上。

P221. 血色十字街

如果越野车从昨天就没动过的话，车子底下应该是干燥的，因为小雨无法淋到车子底下。而在雨中停好不久的车子，车子底下一定是湿的。

P226. 一封神秘的恐吓信

福尔摩斯看到信上写的见面日期是"4月31日下午6点"。而4月没有31日，可见这封恐吓信是假的。韦恩拿出这封伪造的恐吓信，恰好证明他是杀害爱丽丝的凶手。

P231. 隐形谋杀案

福尔摩斯看到刀把被锯短了，底部还有一条小槽。他终于明白，凶手把长刀当作箭，射中了摩根，杀死了他。而只有管家曾在草坪附近逗留，所以凶手就是他。

P236. 尤金斯之死

只有桌子底下的按钮才能让尤金斯办公室里的电话铃响，这是专门用来告知尤金斯有债主来追债的"通风信"。在快到4点时，汤卢克利用按钮按响电话，此刻尤金斯确实也在办公室里休息，可短暂的铃声吵不醒他。汤卢克来到办公室，用消声手枪打死了尤金斯。接着，汤卢克又安置了一个定时炸弹，制造出穆克警长听到的巨响。而关于尸体的温度，由于尸体一直放在暖气片旁，这样就保持了尸体的温度。

P242. 云霄飞车杀人事件

福尔摩斯发现娜塔莉原先佩戴的项链不见了，而在隧道里他捡到了散落在地上的珍珠和拴着纤细钢索的铁钩，联想到娜塔莉曾经是体操运动员，在高速行驶的云霄飞车上也能保持平衡。他这才明白凶手是如何杀死布鲁克的了。

P247. 赃物迷踪

晒谷场很大，统统挖掘实在是太难了。但干泥土渗水很快，如果下面有一个大铁箱，那么渗水的速度比其他地方就要慢，它上面积满了水，颜色肯定与其他地方不同，也就是较深。因此，福尔摩斯很快找到了藏匿赃物的地方。

P252. 真假疑犯

凶手进来时无名指上缠了绷带，可是面对警方的询问时，他的绷带却缠在了中指上。可见他正是将绷带当成了绳子。

P257. 致命的疏忽

如果是上吊自杀，脖子上的勒痕会呈现"V"字形，而脖子后面是不会出现勒痕的。玛丽的脖子后面有勒痕，说明她是被勒死的。另外，项链套在绳子的外面也不合理，因为死者不会先套上绳子再戴项链。查理是最后一个和玛丽待在一起的人，因此他就是杀死玛丽的凶手。

P262. 坠落的血滴

死者尸体所在位置与阳台有一段距离，所以阳台上的树叶上有血迹，说明死者在摔落到地面时就已经负伤或死亡了，血滴是从五楼下坠的过程中滴到树叶上的。如果死者是不慎失足坠落到地面后才出血的，血迹就不会滴到树叶上了。

P267. 紫甘蓝的指证

人剥过紫甘蓝后，手上必定会沾染少量的紫甘蓝汁。紫甘蓝汁具有指示酸碱性的性质，它遇到酸性的柠檬汁，会变成红色。而汉斯的手伸进柠檬汁后，手指尖变成了红色。

P272. 钻戒连环失窃案

柯小南发现了火柴棍，福尔摩斯仔细观察，发现了火柴棍上有被咬过的痕迹。原来，管家训练猫头鹰偷东西，在猫头鹰偷走宝石或钻戒之前，在它口中放一根火柴，可以避免其发出声响。

图书在版编目（CIP）数据

一分钟破案大全／龚勋主编. —汕头：汕头大学
出版社，2015.7（2023.3重印）
ISBN 978-7-5658-1847-9

I. ①一⋯ Ⅱ. ①龚⋯ Ⅲ. ①儿童故事—作品集—世
界 Ⅳ. ①I18

中国版本图书馆CIP数据核字（2015）第139993号

一分钟破案大全

YI FENZHONG PO' AN DAQUAN

总 策 划 邢　涛		**印　　刷** 水印书香（唐山）印刷有限公司
主　编 龚　勋		**开　　本** 720mm×1020mm 1/16
责任编辑 汪艳蕾		**印　　张** 19
责任技编 黄东生		**字　　数** 200千字
出版发行 汕头大学出版社		**版　　次** 2015年7月第1版
广东省汕头市大学路243号		**印　　次** 2023年3月第9次印刷
汕头大学校园内		**定　　价** 68.00元
邮政编码 515063		**书　　号** ISBN 978-7-5658-1847-9
电　话 0754-82904613